JN209083

柳河藩の女流漢詩人

立花玉蘭の『中山詩稿』を読む

編著 三浦尚司

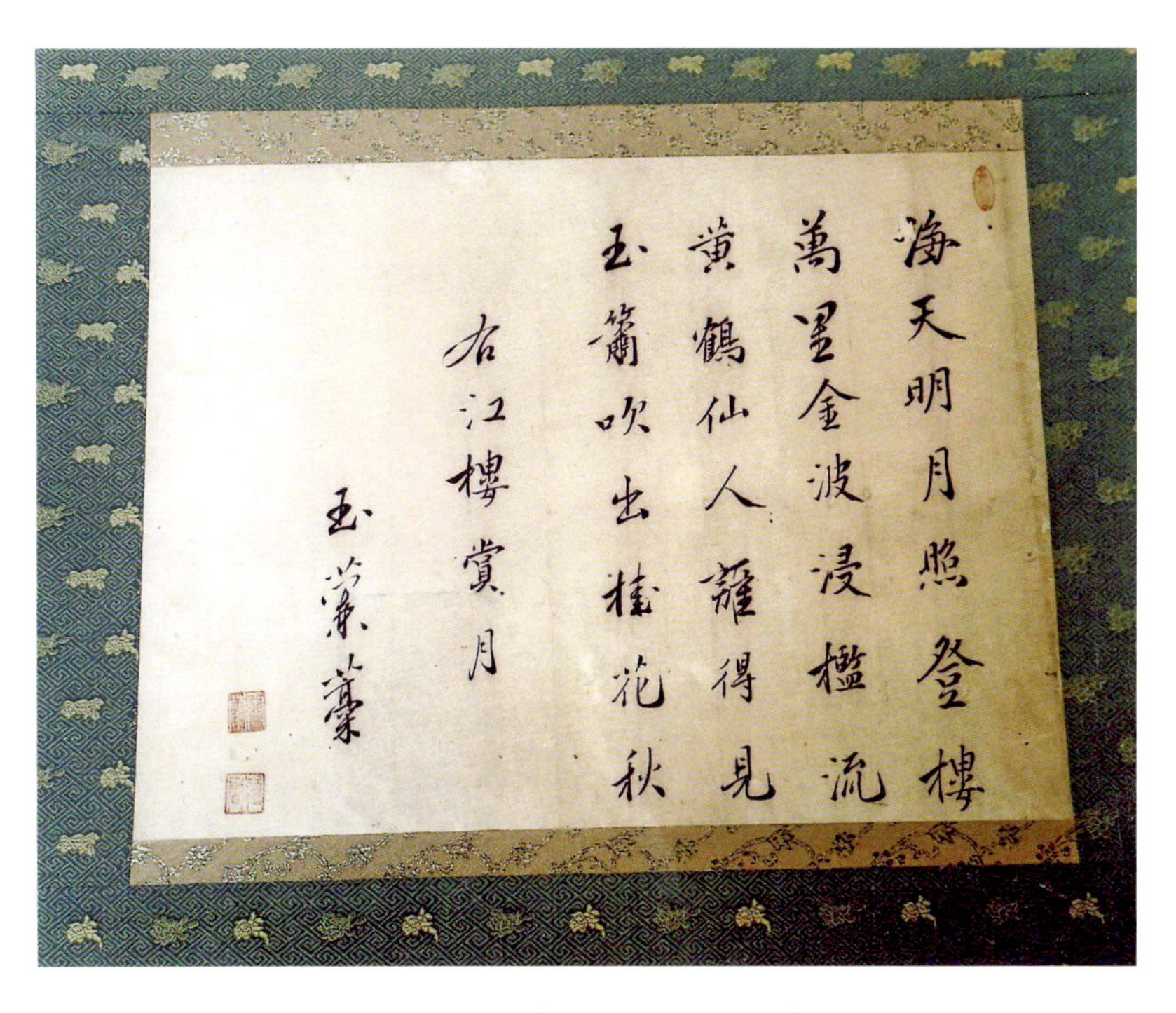

玉蘭自筆の漢詩（純真短期大学蔵）

玉蘭の書による扁額（瑞松院）

玉蘭が嫁いだ矢島家の菩提寺（瑞松院・柳川市片原町）

玉蘭の供養塔（左）と墓（右）がある引接寺（みやま市瀬高町）

引接寺境内の大楠樹（みやま市瀬高町）

写真・柳川市観光課提供

玉蘭の生地は大藤で知られている（立花いこいの森公園・柳川市三橋町中山）

玉蘭も訪れた清水寺本坊庭園（みやま市瀬高町）

柳河藩の女流漢詩人
立花玉蘭の『中山詩稿』を読む

まえがき

九州国際大学客員教授
福岡県漢詩連盟会長　三浦　尚司

『中山詩稿』の著者、立花玉蘭は江戸中期の柳河立花藩の名家、立花帯刀家の姫君でありながら生涯、漢詩を愛した奇特な女流漢詩人でした。

玉蘭の正確な生年は詳らかではありませんが、柳河藩主の親族に当たる立花帯刀家の第三代当主、茂之の次女として享保十九年（一七三四）ころに生まれたようです。字は蘊香と称しました。

幼いころから、女子がたしなむ化粧などには親しまず、もっぱら中国文学の漢詩を愛してみずからも作詩をしていました。成長して婚期を迎えた玉蘭は父茂之から嫁に行くことを強く勧められました。玉蘭は父に結婚を承諾する条件として、自分の漢詩集を出版することを願い出たと伝えられています。玉蘭の詩集出版への情熱を悟った父は、ついに折れて愛娘の願いをかなえることを約束しました。父茂之は、当時、第一流の漢詩人として世に知られていた服部南郭（はっとりなんかく）への橋渡しを円海上人に依頼しています。南郭は名を元喬（げんきょう）と称し、南郭と号していました。

南郭は宝暦八年（一七五八）、まだ一度も会ったことのない女弟子、玉蘭の詩集『中山詩稿』のために序文を書きました。詩稿は幾度も推敲を重ねるなど、持てる精魂を傾け尽くしたことなどが伝わってきます。

玉蘭は、藩内の家老職を務める矢島家第七代の矢島（やじま）采女正行崇（ゆきたか）のもとに嫁ぎました。

矢島家は、柳河藩代々の家老職を務める家柄であり、立花帯刀家にもおとらぬ名門でありました。玉蘭の夫となった矢島采女正行崇は宝暦二年（一七五二）は二十歳でした。家老の矢島家の奥方となって以後の玉蘭のことは明らかではありません。しかし江戸時代、柳河藩の代表的な漢詩人八十八人の詩をまとめた『柳河藻』には、玉蘭の漢詩が二十七首も掲載されていて、詩人としての活躍ぶりをうかがい知ることができます。

玉蘭は、寛政六年（一七九四）三月十八日に亡くなっています。立花帯刀家系図などによれば、没年は六十歳前後であったと思われます。

死後、矢島家の菩提寺であった瑞松院（柳川市片原町）に葬られました。その後、同寺は道路拡張事業により、同寺の墓地が一部削られた折りに惜しくも墓石が紛失しています。しかし、立花帯刀家の菩提寺である浄土宗、引接寺（みやま市瀬高町下庄）には、寛政六年（一七九四）に立花帯刀家第五代茂親が建てた玉蘭の墓と、そのすぐ横に文政十三年（一八三〇）玉蘭の三十三回忌に三人の有志が建てた供養塔が現存しています。

立花帯刀家は柳河藩主であった立花家の親族にあたります。

柳河藩では、立花帯刀家、立花内膳家の二つの家を「御両家」と呼んでいました。

立花帯刀家の初祖は立花茂虎でした。柳河藩第三代藩主となった弟の鑑虎は兄の茂虎の不遇をいたみ、寛文十二年（一六七二）に領内の中山村（柳川市三橋町中山）に領地を与えて同所に居住させ、さらに延宝四年には山崎村（八女市立花町山崎）も領地として加増し、禄高二千三百石を知行させて、ここに柳河藩筆頭の立花帯刀家が創設されたのでした。

これにより、柳河藩の席次は帯刀家、内膳家、監物家、大学家の順となって藩内では首席の家柄となり、同家の家系は、柳河藩とともに明治維新以降も続きました。

玉蘭の父、立花茂之は立花帯刀家、第二代茂高の長男として生まれました。第三代の家督を継ぐと、主水と号し、のちに道印と号しました。

茂之の弟の貞俶（さだよし）は大叔父であった旗本寄合の立花貞晟の養子となり、家督を相続して旗本になりましたが、享保六年（一七二一）第四代柳河藩主立花鑑任（あきたか）が死去した際に、その末期養子となって柳河藩主の家督を継ぎました。

立花茂之は、実弟の貞俶が第五代柳河藩主になると、享保十八年（一七三三）二月ごろに柳河本町の屋敷から、別邸のあった中山村に移り住んだのでした。この前後に玉蘭は中山村の別邸で誕生しています。

『中山詩稿』の中山は、玉蘭が少女時代を過ごした中山村にちなんだ名がつけられています。

当時、女性が個人で漢詩集を出版することはきわめて稀なことでありました。そんな環境のなかで『中山詩稿』は、明和元年（一七六四）に出版されています。本の大きさは縦約二十五センチ、横十七センチという立派な体裁であり、当時の第一流の漢詩人であった服部南郭の序文が六ページ、本文が二十八ページという構成になっています。

本の奥付は、出版の年月日が明和元年甲申春三月日と記載され、漢文の出版元は、当時、日本で一番といわれた江戸の嵩山房、小林新兵衛が版元となっています。

掲載された詩の数は七十七首、漢詩人の詩集としてはそれほど多い方ではありません。『中山詩稿』が世に出ることになったいきさつは、『中山詩稿』を飾る服部南郭の序文から汲み取ることができます。

生涯、領外に出ることが許されなかった玉蘭ですが、少女時代から師事していた佐賀蓮池の釈大潮和尚等の紹介のもとに、父の手はずもあり、江戸増上寺（東京都芝区）の僧侶、円海上人を通じて、南郭に師事し、約十年余も手紙のやりとりをしながら南郭から詩稿の批正を受けていたことが、南郭の随筆『文会雑記』に記されていることからも明らかです。

円海上人と玉蘭を結びつけた人は、詩文に出てくる曇龍という僧侶でした。曇龍は『中山詩稿』にもその名が出ています。曇龍は浄土宗の僧侶となり、江戸増上寺の円海和尚に宗学を学んでいます。立花帯刀家の菩提寺であった引接寺（いんじょうじ）が浄土宗であること、また玉蘭の父茂之は引接寺住職の一誉上人をたいへんに尊敬していて、ついには改宗して帰依していたことなどから、同家と浄土宗との深いつながりを推測することができます。

玉蘭は、生涯に一度も、師事した南郭と出会うことはありませんでした。南郭は序文を書いた翌年の宝暦九年（一七五九）に七十七歳で死去しています。玉蘭は漢詩人をはじめ文人墨客との交流によって他国の多くの知識を得ていたものと思われます。

柳河藩の漢詩人の詩史ともいえる『柳河藻』には玉蘭だけでなく、息子や孫の名も記されています。おそらく『中山詩稿』の出版以降も、藩内の女流漢詩人として重きをなしたものと思われます。

愛娘玉蘭の詩集出版の夢を叶えることを願った父茂之は、宝暦四年（一七五四）、上梓を見ることなくこの世を去っています。

『中山詩稿』は、父親や服部南郭をはじめ、玉蘭が師とした藩医の老漢詩人、武宮謙叔（たけみやけんしゅく）など多くの支援者に支えられて世に出たのです。その結果、立花玉蘭の名は一躍全国に知れわたることになりました。明和八年（一七七一）に江村北海によって出版された『日本詩史』には、江戸時代の女流漢詩人としてわずかに五人がとり挙げられているにすぎませんが、そのなかに玉蘭と『中山詩稿』が紹介されています。また、以降に編纂された詩史にも立花玉蘭の名がたびたび登場しています。

本書では、『中山詩稿』をできるだけ平易にわかりやすく紹介し、さらには柳川の風物を盛り込むなど、読者が玉蘭に親しめるように心がけました。したがって専門書のような詳細な註訳は省略して、詩文の書き下し文を中心に、歯切れのよい漢詩の格調を声に出して味わって欲しいということを主眼としました。

江戸中期の封建社会にあって、自分の詩集を世に出したいという超然たる気概をもって自己の意思を貫き通した玉蘭の生き方は、現代の女性にとってもすばらしい示唆を与えています。

平成二十八年十一月　縦樹書院にて

立花玉蘭の『中山詩稿』を読む＊目次

七言律

五言絶句

七言絶句

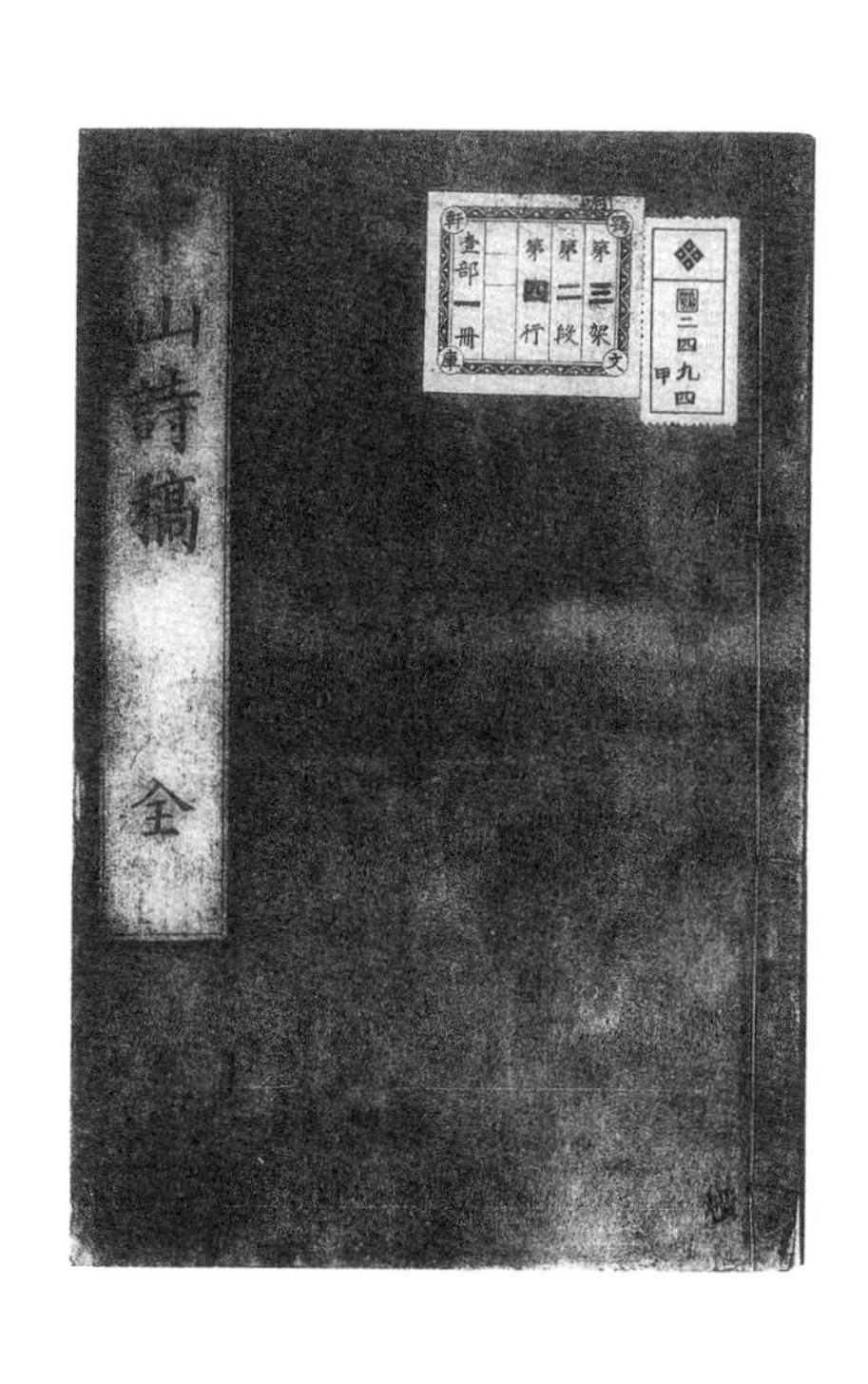

中山詩稿序

柳川立花氏女名玉蘭字蘊香自未笄好學善詩先是介緣山圓海上人東遥投贄於余尋屢寄視其所詠令品騭焉既有年矣頃會圓海上人上人乃爲蘊香出斯集示余余受而披之則題曰中山詩稿蓋自

選也上人因語余曰蘊香父號道印食采中山以公族通家于國今已適歸國老矢島子家彼此素既不賤而自幼不染靡麗脂粉之習超然抗志于流俗之外是其世所希見乎且其父道印翁在也嘗謂貧道曰詩非我所家且非女子之道固亦不比

丈夫疾沒世而名不稱焉而渠弄尾之餘
言無所受生長閨中獨自讀書知有唐詩
竭思得斯雖性所好其志蓋有在焉是可
憫爾師則四方之人也願師爲垂慈念後
毎書信必及斯事其臨沒也亦慇懃遺言
貧道心未嘗忘焉其躬已不出閾足不踰

竟矣詩不多亦其所也今斯而可以傳則
子何不圖之余曰在昔兩漢有班婕妤曹
大家蔡文姬六朝有左貴嬪劉三娘唐有
上官昭容宋若照姊妹併其他名姝婉情
以一事一篇傳於世者二三蹤跡古今不
過數人若吾 邦古之女流亦以和歌稱

於世者則有焉未聞有唐詩世濶如斯則
有是哉所以希見也宜矣父翁欲寄此女
顧惟余老憊極矣著作之業廢已久矣亦
不能爲之作文揄揚其奇深以爲憾然世
旣希見則其奇自有焉何復所假會有乞
鐫焉者遂與上人謀因叙斯言以授鐫者

令行之世

寶曆八戊寅歲　服元喬

中山詩稿

柳川 蘭蘊香著

五言古

奉送行隆君之東都

匹馬錦鞍韉君將就長途四方豈難遂初志在桑弧
中庭設祖帳置酒滿玉壺僕夫暫莫喧我且歌驪駒
君今祇役千里向東都東都何壯麗朱門大道衢
躍馬盡王孫前驅列武夫家有登龍客人握靈蛇珠
相顧多意氣努力要全軀行矣山東函關門識棄繻

七言古

觀芙蓉圖歌

東海出名嶽芙蓉高復高上有青天千丈之煙霧下
有滄溟萬頃之波濤火棗交梨玉洞裡僊菓非獨王
母桃當年有客稱徐姓一朝浮海避秦政三千童女
好容顏提携入山事玄聖須臾道成得長生餐雪嚼
氷僊骨淨雪舟禪師禪餘技寫得三峯掌上指臥遊
髣髴宋少文豈翅尋常愛山水君不見主人尊中酒
如泉醉對此圖樂不已

五言律

送祖來禪師之西京妙心寺

知是西來意飄然向帝州青山關路闊紫氣海天浮
遙想行舟興應同折葦游期將少林月歸照故園秋

題某氏隱居

山中幽意足遠屋白雲深夜雨漆苔色秋風入桂林
主人甘伏枕過客亦抽簪一榻談玄罷悠然拭匣琴

萬壽山寺避暑晚際遇雨

何敢論河朔逍遙祇樹林香爐漆古篆流水遠幽琴
界識青蓮淨盤看朱李沈晚來殊颯爽一雨灑衣襟

明妃曲

不識邊關路倉皇倚玉鞍風沙顏色暗夜月涙痕寒
家向胡天遠夢隨漢地殘琵琶多少恨千載為誰彈

關山月

關山萬里月應照遠征兒紫塞刀環隔黄河尺素遲
飛蓬嘆久別芳蕙怨良期況復高樓上秋光笛裡吹

梅雨晚霽

五月連朝雨苔痕四壁空新晴含返照濁潦浸殘虹

開帙薰風至把盃荷氣通暮蟬啼未歇孤月挂林東

遊引接寺

野市橋南地紅塵限寺門由尋開士宅似到給孤園
琪樹注甘露金蓮坐世尊玄譚猶未已鐘磬報黄昏

畫山水

滿壁名山色分明出水浮憑風聞伐木指月送行舟
非比王摩詰似勞顧虎頭主人城市裡退食對滄洲

夏日遊寺

登廬元有約亭午到東林空翠侵趺座溪泉荅梵音
為同塵外賞許入社中深更有鳴蛙曲難酬惠遠吟

折楊柳

春風河畔柳歲歲自依依蔭接王孫草色添游子衣
笛中吹別意酒後惜斜暉今日一枝贈期君早已歸

和武釆石西溪訪友人

孤棹事幽尋長溪暮色深月遅頻秉燭風起且披襟
更有鳴琴曲彈成流水音頻教清興熟幽趣似山陰

竹林亭集分韻彈字

嵇阮林間會琅玕擁席寒不勞過客問倶對此君看
幽賞任賒酒窮交且比蘭更聞廣陵散一曲醉中彈

春日某氏山莊

別業煙霞裡春山石磴懸花開芳樹色人愛好林泉
遊鹿眠園後流鶯媚酒邊聊因幽興熟竟日此留連

出塞

烽火照邊塞秋風萬馬鳴天兵臨瀚海飛將入龍城
大雪隨弓劔驚沙撲旆旌燕然殊不遠莫憚勒功名

長安月

長安城上月一色照高秋白露沾珠帳金波滿御溝
鳴珂隨影轉飛蓋逐光游借問誰家婦獨生擣素愁

秋夜

永夜空山裡秋風拂薜蘿踈簾來月色高樹轉星河
客為回舟去烏隨擊析過鳴蛩聞愈切坐使感情多

夜渡湘江

夜渡湘江水秋天月色明波吞雲夢濶山落洞庭清
處處哀猿急行行旅雁横停橈看楚竹想像帝妃情

暮秋對月

搖落青山暮西風白雁秋鈎簾寒色動把酒桂香浮

中山詩稿

柳川　蘊香　立花玉蘭著

中山詩稿序

柳川立花氏女名玉蘭字蘊香。自未笄好學善詩。先是介緣山圓海上人。東遥投贄於余。尋屢寄視其所詠令品隲焉。既有年。矣頃會圓海上人。上人。乃爲蘊香出斯集示余。余受而披之。則題曰中山詩稿。蓋自選也。上人因語余曰。蘊香父號道印。食采中山。以公族通家于國。今已適歸國老矢島子家。彼此素既不賤。而自幼不染麗靡脂粉之習。超然抗志于流俗外。是其世所希見乎。且其父道印翁在也。嘗謂貧道曰。詩非我所家。且非女子之道。固亦不比丈夫疾没世而名不稱焉。而渠弄瓦之餘。言無所受。生長閨中。獨自讀書。知有唐詩。竭思得斯。雖性所好。其志蓋有在焉。是可憫爾。師則四方之人也。願師爲垂慈念。後每書信。必及斯事。其臨没也。亦慇懃遺言。貧道心未嘗忘焉。其躬已不出閾。足不踰竟。矢詩不多。亦其所也。今斯而可以傳。則子何不圖之。余曰。在昔兩漢有班婕好曹大家蔡文姫。六朝有左貴嬪劉三娘唐有上官昭容宋若照姉妹。併其他名姝婉情以一事一篇傳於世者。二三踪跡。古今不過數人。若吾邦古之女流。

亦以和歌稱於世者則有焉。未聞有唐詩。世闊如斯。則有是哉所以希見也。宜矣父翁欲奇此女。顧惟余老憊極矣。著作之業。廢已久矣。亦不能爲之作文。揄揚其奇深。以爲憾。然世既希見則其奇自有焉。何復所假。會有乞鐫焉者。遂與上人謀。因叙斯言。以授鐫者。令行之世。

寶暦八戊寅歲

服　元喬　印　印

中山詩稿序

柳川立花氏の女、名は玉蘭、字は蘊香、未だ笄せざるより学を好み詩を善くす。是れより先に縁山、円海上人に介して、東のかた遥かに贄を余に投ず。尋いで屢しば視して其の詠ずる所を寄せて品隲せしむ。既に年有り。頃ごろ円海上人に会す。上人、乃ち蘊香の為に斯の集を出して余に示す。余受けて之を披く。則ち題して中山詩稿と曰う。蓋し自ら選するなり。上人因に余に語って曰く。蘊香の父は道印と号す。釆を中山に食み、公族を以て国に通家す。今已に国老矢島子家に適帰す。彼此素既に賤せず。而して幼より麗靡脂粉の習に染まらず。超然として志を流俗の外に抗す。是れ其の世に希に見る所なるか。且つ其の父道印翁在りや。嘗て貧道に謂いて曰く。詩は我が家とする所に非ず、且つ女子の道に非ず。固より亦た丈夫世に没するまで名の称せられざることを疾むに比せず。而して渠れ弄瓦の余、言受くる所無し。閨中に生長し、独り自ら書を読み、唐詩有るを知る。思を竭して斯を得。性の好む所と雖も、其の志蓋し在ること有り。是れ憫む可きのみ。師は則ち四方の人なり。願わくは師は為に慈念を垂れよと。後、書信ごとに、必ず斯の事に及ぶ。其の没するに臨みてや、亦た慇懃に遺言す。貧道心未だ嘗て忘れず。其の躬は已に閾を出でず、足は竟を踰えず。詩を矢ること多からざるも、亦た其の所なり。今斯にして以て伝え可くんば、則ち子何ぞ之を図らざる。余曰く、在昔、両漢に班婕好、曹大家、蔡文姫有り。六朝に左貴嬪、劉三娘有り、唐に上官昭容、宋に若照姉妹有り。其の他、名姝婉情、一事一篇を以て世に伝わる者を併せて、二三蹤跡、古今数人に過ぎず。吾が邦古の女流も、亦た和歌を以て世に称せらるが若き者は則ち有るも、未だ唐詩有ることを聞かず。世闊なること斯の如し。則ち是れ有るかな。希に見る所以なり。宜なり。父翁此女を奇にせんと欲すること、顧うに惟だ余老憊極まる。著作の業、廃すること、已に久し。亦た之が為に文を作り、其の奇深きを揄揚すること能わず、以て憾みと為す。然るに世既に見ることを希うときは則ち其の奇の自ら有り。何ぞ復た假る所あらん。会たま鐫を乞う者有り。遂に上人と謀る。因りて斯の言を叙して、以て鐫者に授け、之を世に行わしむ。

寶暦八戊寅歳

服　元　喬

五言古

奉送行隆君之東都

匹馬錦鞍韉
君將就長途
四方豈難遂
初志在桑弧
中庭設祖帳
置酒滿玉壺
僕夫暫莫喧

行隆君の東都に之くを送り奉る

匹馬　錦鞍の韉
君は将に長途に就かんとす
四方　豈に遂げ難からんや
初志　桑弧に在り
中庭に祖帳を設け
置酒　玉壺に満てり
僕夫　暫らく喧きこと莫れ

我且歌驪駒
君今祇行役
千里向東都
東都何壮麗
朱門大道衢
躍馬盡王孫
前驅列武夫
家有登龍客
人握靈蛇珠
相顧多意氣

我(わ)れ且(とも)に驪駒(りく)を歌(うた)わん
君(きみ)は今(いま)　行役(こうえき)を祇(つつしみ)て
千里(せんり)　東都(とうと)に向(むか)う
東都(とうと)　何(なん)ぞ壮麗(そうれい)なる
朱門(しゅもん)　大道(たいどう)の衢(みち)
躍馬(やくば)　尽(ことごと)く王孫(おうそん)
前駆(ぜんく)　武夫(ぶふ)を列(つら)ね
家々(いえいえ)は登龍(とうりゅう)の客(かく)有(あ)り
人々(ひとびと)は霊蛇(れいだ)の珠(たま)を握(にぎ)る
相(あ)い顧(かえり)みて意気(いき)多(おお)し

努力要全軀
行矣山東妙
闕門識棄繻

努力して　軀を全うせんことを要す
行けば　山東の妙
関門　棄繻を識らん

行隆君とはいったい誰のことでしょうか？　玉蘭の近親者と思われます。詩文の内容から推察すれば、身分の高い武士のようです。江戸に赴く若い武士を奉送する五言古詩です。

貴方は立派な鞍をのせた一頭の黒馬にうち乗って、江戸までの長い道のりに就かんとしています。庭ではささやかな送別の宴が開かれています。その間、召使いには、しばらくの間騒ぐことなく静かに待機をするように命じています。

私は旅立つ貴方と一緒に、送別の歌、驪駒を歌いましょう。貴方は千里も遠く離れた東の都までの長旅に向かおうとしています。さぞかし江戸は壮麗でしょうね。大きな朱門、見たこともないような市街の大路でしょう。貴方と同様に全国から多くの若い武士たちが上京して将軍のお役に立つために列なっていることでしょう。どうか力を尽して精励してください。

この詩には、中国黄河の上流にある急流をさかのぼることのできた鯉は龍になるという言い伝えから、立身出世のための関門をいう登龍の門と、知恵のたとえをいう霊蛇の珠という、ふたつの故事をふまえて格調高く詠いあげています。

七言古

觀芙蓉圖歌

東海出名嶽芙蓉
高復高上有青天
千丈之煙霧下有
滄溟萬頃之波濤
火棗交梨玉洞裡
僊菓非獨王母桃
當年有客稱徐姓
一朝浮海避秦政

芙蓉(ふよう)の図(ず)を観(み)る歌(うた)

東海(とうかい)に　名岳芙蓉(めいがくふよう)を出(いだ)す
高(たか)くして復(ま)た高(たか)し　上(うえ)に青天(せいてん)有(あ)り
千丈(せんじょう)の煙霧(えんむ)　下(した)に有(あ)り
滄溟(そうめい)　万頃(ばんけい)の波涛(はとう)
火棗(かそう)　交梨(こうり)　玉洞(ぎょくとう)の裡(うち)
僊菓(せんか)　独(ひと)り王母(おうぼ)が桃(もも)のみに非(あ)らず
当年(とうねん)　客(かく)有(あ)り　徐姓(じょせい)と称(しょう)す
一朝(いっちょう)　海(うみ)に浮(う)かんで秦政(しんせい)を避(さ)く

三千童女好容顔
提携入山事玄聖
須臾道成得長生
餐雪嚼氷僊骨淨
雪舟禪師禪餘技
寫得三峯掌上指
臥遊髣髴宋少文
豈翅尋常愛山水
君不見主人尊中酒如泉
醉對此圖樂不已

三千の童女　好容顔
提携して山に入って玄聖に事う
須臾に道成って長生を得たり
雪を餐し　氷を嚼みて　僊骨浄し
雪舟禅師　禅余の技
三峰を写し得て　掌上に指す
臥遊　髣髴たり　宋少文
豈に翅　尋常　山水を愛するのみならんや
君見ずや　主人　尊中の酒　泉の如きを
酔うて此の図に対して楽しみ已まず

霊峰、富士山は古来より、山容の美しさから芙蓉と美称されてきました。柳河藩から領外に出ることが許されなかった少女の玉蘭にとっては富士山は永遠にあこがれの名山だったに違いありません。柳河藩の武士たちは藩主の参勤交代に随行して幾度も富士山を見ています。そうした人々からの体験談や日本画に描かれた富士山を見ては詩想を膨らませたものと思われます。また中国、秦の時代に不老不死の仙薬を求め、三千人の童男童女を引き連れて蓬莱の国を目指したという、徐福の伝説をふまえていることや、室町時代の水墨画の絵師、雪舟禅師の故事、さらに宋少文の故事を盛り込んで壮大な富士山の図を詠じています。

五言律

送祖來禪師之西京妙心寺

知是西來意
飄然向帝州
青山關路闢
紫氣海天浮
遙想行舟興
應同折葦游
期將少林月
歸照故園秋

祖來禅師の西京妙心寺に之くを送る

知ぬ是れ西来の意なることを
飄然として　帝州に向う
青山　関路闢け
紫気　海天に浮ぶ
遥に想う　行舟の興
応に折葦の游に　同じかるべし
期す少林の月を将て
帰って故園の秋を照らせ

祖來禅師が西の都、京都の妙心寺に赴くのに際して、禅師を送別する五言律詩の作品です。妙心寺は、京都左京区花園妙心町にある臨済宗妙心寺派の総本山です。

禅師はいま居所を定めず、飄然と旅立って、帝の住まわれる畿内に向かおうとしています。青々とした山々や各地の関所のある路は開かれて、海上の天空にはむらさき色のめでたい雲気が浮かんでいます。遥かに思うことは、舟の旅で味わうであろう楽しみのことです。ちょうど中国、晋代の王育がおさない頃、家が貧しくて学問の道に入ることができず、蒲を折って書を学んだ折蒲の故事の遊びと同じようなものです。少林寺で見る月をもって故郷の秋を照らして欲しいと結んでいます。

高い身分の家柄に生まれたために、閨秀(けいしゅう)詩人として自由気ままに旅をすることが出来ない自分に引き比べて、自由に旅のできる祖來禅師の生き方をうらやましく思う気持ちが詩文から伝わってきます。

題某氏隠居

山中幽意足
遶屋白雲深
夜雨添苔色
秋風入桂林
主人甘伏枕
過客亦抽簪
一榻談玄罷
悠然拭匣琴

某氏　隠居に題す

山中　幽意足る
屋を遶って白雲深し
夜雨　苔色を添え
秋風　桂林に入る
主人　伏枕を甘し
過客　亦た簪を抽し
一榻　玄を談じ罷めて
悠然として匣琴を拭う

ある人の隠居中のくらしぶりを五言律詩にまとめています。

隠居の地は奥深い山の中にあって、家屋のまわりには白雲が深くたちこめています。夜に降る雨は苔の色を鮮やかにさせてくれます。すでに秋風が香りのよい桂林を吹き抜けています。隠居中の主人は気ままに枕に伏せっていたところ、客が訪れてきたので、椅子をすすめて詩文についての話に興じました。さらに興味が深まったとみえて、箱にしまっていた琴をおもむろに取り出してほこりをぬぐっています。そうした風雅な暮らしぶりを詠じています。

詩中に「過客また簪を抽し」とありますから、女性の客を匂わせます。もしかすると玉蘭自身を指しているのでしょうか。だとすれば隠居している某氏とは、漢詩の師、武宮謙叔ではないかと想像がふくらみます。

萬壽山寺避暑晚際遇雨

何敢論河朔
逍遙祇樹林
香爐添古篆
流水遶幽琴
界識靑蓮淨
盤看朱李沈
晚來殊颯爽
一雨灑衣襟

万寿山寺(まんじゅさんじ)に暑(しょ)を避(さ)け晩際(ばんさい)雨(あめ)に遇(あ)う

何(なん)ぞ敢(あ)えて　河朔(かさく)を論(ろん)ぜん
逍遥(しょうよう)す　祇樹林(ざじゅりん)
香爐(こうろ)　古篆(こてん)を添(そ)え
流水(りゅうすい)　幽琴(ゆうきん)を遶(めぐ)る
界(かい)は青蓮(せいれん)の浄(じょう)を識(し)り
盤(ばん)は朱李(しゅり)の沈(ちん)を看(み)る
晩来(ばんらい)　殊(こと)に颯爽(さっそう)
一雨(いちう)　衣襟(いきん)に灑(そそ)ぐ

万寿山とは、福岡県みやま市瀬高町にある名刹九品寺の山号です。夏の暑さを避けるために涼しい山寺を訪ねたところ、暮れ方になって、急に雨降りに遇ったという詩題です。どうして、敢えて黄河の奥地の河北のような、奥深いところのことを論じることがありましょうか。国神の住まう、うっそうとした樹林の中を気ままに歩きまわり、香炉に香を入れて焚けば、渓谷を流れる流水が幽やかに琴のような音をめぐらしています。寺の境には青い蓮が清らかな雰囲気を識らせてくれますし、水盤には朱李（すもも）が沈んでいるのが見えます。暮れ方になって爽やかさを感じていたら、ひと雨が来て、たちまち着物の襟元に降り灑ぐのでした。山寺でにわか雨に遇った際の臨場感が感じられる作品になっています。

明妃曲

不識邉關路
倉皇倚玉鞍
風沙顔色暗

明妃（めいひ）の曲（きょく）

辺関（へんかん）の路（みち）を識（し）らず
倉皇（そうこう）として玉鞍（ぎょくあん）に倚（よ）る
風沙（ふうさ）　顔色（がんしょく）暗（くら）く

夜月涙痕寒
家向胡天遠
夢隨漢地殘
琵琶多少恨
千載爲誰彈

夜月（やげつ）　涙痕（るいこん）寒（さむ）し
家（いえ）は胡天（こてん）に向（む）かって遠（とお）く
夢（ゆめ）は漢地（かんち）に随（したが）って残（のこ）る
琵琶（びわ）　多少（たしょう）の恨（うら）み
千載（せんざい）　誰（た）が為（ため）にか弾（だん）ぜん

明妃曲とは楽府の名をいいます。明妃とは前漢元帝の妃のことです。あまりにも悲劇的な女性となった王昭君は、数多くの詩人が詩題にして詠んできました。王昭君は美貌なるが故に宮廷の女性から妬まれて、元国の妃になった悲劇の女性として長く語り継がれてきました。玉蘭も辺境の元国に嫁いだ王昭君の心情を見事に詠じています。

關山月

關山萬里月
應照遠征児
紫塞刀環隔
黄河尺素遅
飛蓬嘆久別
芳蕙怨良期
況復高樓上
秋光笛裡吹

関山月(かんざんげつ)

関山(かんざん)　万里(ばんり)の月(つき)
応(まさ)に遠征(えんせい)の児(じ)を照(て)らすべし
紫塞(しさい)　刀環(とうかん)隔(へだ)たり
黄河(こうが)　尺素(せきそ)遅(おそ)し
飛蓬(ひほう)　久別(きゅうべつ)を嘆(たん)じ
芳蕙(ほうけい)　良期(りょうき)を怨(うら)む
況(いわ)んや復(ま)た高楼(こうろう)の上(うえ)
秋光(しゅうこう)　笛裡(てきり)に吹(ふ)く

関山月という詩題は、出征兵士や辺境に旅する人の郷愁を詠う詩の題として用いられました。都から一万里ほども遠く離れた僻地で見る月は、おそらく出征兵士の見た月でしょう。紫色に見える要塞（とりで）に届いた、短い手紙を読むことを待ちのぞむ兵士のことを思う時、高楼の上にあって、秋の月光を浴びながら吹く笛の音色さえも、望郷の念にかられたことでありましょう。玉蘭は、辺境の要塞での暮らしぶりを想像しながら詠じています。

梅雨晩霽

五月連朝雨
苔痕四壁空
新晴含返照
濁潦浸残虹
開帙薫風至
把盃荷氣通
暮蟬啼未歇
孤月挂林東

梅雨晩霽

五月　連朝の雨
苔痕　四壁空し
新晴　返照を含み
濁潦　残虹を浸す
帙を開けば薫風至り
盃を把れば荷気通ず
暮蟬　啼いて未だ歇まず
孤月　林東に挂かる

梅雨期にひさびさに晴れ上った、夕暮れどきの情景を詠んだ詩文です。五月、連日の雨が降り続いたために、屋敷の壁には苔が生えています。夕方になって久しぶりに晴れ間が出て、夕陽が照り輝いています。濁ったわだつみに、虹が浸されたように彩り映じています。本を読もうと帙（ちつ）を開くと、窓辺から心地良い薫風が吹き込んできました。おもむろに盃をとれば、蓮の花が醸し出す雰囲気も伝わってきます。夕暮れどきに鳴く、蝉の声も続いています。いつしか、月が林の東方にかかって浮かんで見えます。

遊引接寺

野市橋南地
紅塵限寺門
由尋開士宅
似到給孤園
琪樹注甘露
金蓮坐世尊
玄譚猶未已
鐘磬報黄昏

引接寺に遊ぶ

野市　橋南の地
紅塵　寺門に限る
開士の宅を尋ぬるに由って
給孤園に到るに似たり
琪樹　甘露を注ぎ
金蓮　世尊を坐せしむ
玄譚　猶お未だ已まず
鐘磬　黄昏を報ず

引接寺は、みやま市瀬高町下庄にある浄土宗のお寺ですが、立花帯刀家の菩提寺としても有名です。特に玉蘭の父茂之は、引接寺の住職一誉上人に深く帰依して、浄土宗に改宗したと伝えられています。おさない頃から父親に連れられて、たびたび参詣したものと思われます。引接寺には、玉蘭の没後、立花帯刀家第五代茂親（しげちか）が玉蘭のお墓を建立しています。引接寺のすぐ側には矢部（やべ）川が流れていて、柳河城下の方向から橋を渡ると、玉蘭の父の院号を用いた聖龍山の山門があり、広い境内には、玉蘭が生存した頃から植わっていた、巨大な楠樹が往時の面影をとどめています。

畫山水

満壁名山色
分明出水浮
憑風聞伐木
指月送行舟
非比王摩詰
似勞顧虎頭
主人城市裡
退食對滄洲

画山水(がさんすい)

満壁(まんぺき)　名山(めいざん)の色(いろ)
分明(ぶんめい)に水(みず)を出(い)でて浮(うか)ぶ
風(かぜ)に憑(よ)って　伐木(ばつぼく)を聞(き)き
月(つき)を指(さ)して　行舟(こうしゅう)を送(おく)る
王摩詰(おうまきつ)に比(ひ)するに非(あら)ず
顧虎頭(ここ とう)を労(ろう)するに似(に)たり
主人(しゅじん)　城市(じょうし)の裡(うち)
退食(たいしょく)　滄洲(そうしゅう)に対(たい)す

山水画を見ていて、その情景から詩情が生まれたのでしょうか。壁面いっぱいに描かれているとすれば、寺院の屏風画かとも想像されます。描かれた山水には航行する舟も描かれているようです。王摩詰は唐代の詩人です。詩書を善くし殊に山水や雲石に長じていて、詩人としても良く知られています。また顧虎頭も晋代の顧愷之（こがいし）をいい、玉蘭の漢詩の典故について学識の深さを感じさせてくれます。

夏日遊寺

登盧元有約
亭午到東林
空翠侵趺座
溪泉荅梵音
爲同塵外賞
許入社中深
更有鳴蛙曲
難酬恵遠吟

夏日遊寺(かじつゆうじ)

登盧(とうろ)　元(もと)もと約(やく)有(あ)り
亭午(ていご)　東林(とうりん)に到(いた)る
空翠(くうすい)　趺座(ふざ)を侵(おか)し
溪泉(けいせん)　梵音(ぼんおん)に荅(こた)う
塵外(じんがい)の賞(しょう)を同(おな)じくするが為(ため)に
社中(しゃちゅう)の深(しん)に入(い)ることを許(ゆる)さる
更(さら)に鳴蛙(めいあ)の曲(きょく)有(あ)り
恵遠(けいえん)の吟(ぎん)に酬(むく)い難(がた)し

夏の日、ある寺に参詣した時の情景を五言律詩にして詠じています。玉蘭はあらかじめ寺の庵を訪問する約束をしていたらしく、午後になって寺に着いたようです。滴（したた）るような緑樹の映える景色が見える座敷に座っていると、渓谷を流れる清流の響きが聞こえてきました。その響きは寺で鳴らす鐘の音に調和して聞こえてきます。普段であれば寺内の奥深い居間に入ることも許されないのでしょうが、詩人としての勝縁によって入室を許されたようです。静寂の中に蛙の鳴き声も聞こえてきます。中国晋代の高僧、恵遠の詩に対して応酬するのは難しいことだと尾聯（びれん）の八句目を結んでいます。ここでも巧みに故事を用いています。

折楊柳

春風河畔柳
歳歳自依依
蔭接王孫草
色添游子衣
笛中吹別意
酒後惜斜暉
今日一枝贈
期君早已歸

折楊柳

春風　河畔の柳
歳々　自ら依々たり
蔭は接す　王孫草
色は添う　游子の衣
笛中　別意を吹き
酒後　斜暉を惜しむ
今日　一枝の贈
期す君が早く已に帰らんことを

折楊柳は、中国人の送別の故事から生まれたものです。折柳とも称し、漢代、長安の都を旅立つ人を見送るときには覇橋（はきょう）まで行き、橋のたもとにある柳の枝を折って、見送りの人たちが旅に出る人に対してはなむけとした故事に由来します。風雅な見送りをすることが少なくなった現代人と異なり、当時、旅という言葉は即、別離を意味していましたから、ことのほか感慨深いものがあったと思われます。

和武采石西溪訪友人

孤棹事幽尋
長溪暮色深
月遲頻秉燭
風起且披襟
更有鳴琴曲
彈成流水音
頓教清興熟
幽趣似山陰

武采石(ぶさいせき)の西渓(せいけい)に友人(ゆうじん)を訪(と)うに和(わ)す

孤棹(こたく)　幽尋(ゆうじん)を事(こと)とす
長渓(ちょうけい)　暮色(ぼしょく)深(ふか)し
月(つき)遅(おそ)くして　頻(しき)りに燭(しょく)を秉(と)る
風(かぜ)起(お)きて　且(しばら)く襟(えり)を披(ひら)く
更(さら)に鳴琴(めいきん)の曲(きょく)有(あ)り
弾(だん)じて流水(りゅうすい)の音(おと)を成(な)す
頓(とみ)に清興(せいきょう)をして熟(じゅく)せしむ
幽趣(ゆうしゅ)　山陰(さんいん)に似(に)たり

柳河藩の藩医であった武宮謙叔は采石と号し、玉蘭の漢詩の師でした。この五言律詩は采石が西溪に友人を訪ねた時に作った漢詩を見て、その脚韻をそのまま用いて作詩したものです。奥深い渓谷の流水の響きまで聞こえて来るような、情景を秘めています。うら若い少女、玉蘭の詩とは思えない、奥深い詩境を感じさせる格調高い律詩です。

竹林亭集分韻彈字

嵇阮林間會
琅玕擁席寒
不勞過客問
倶對此君看
幽賞任賒酒
窮交且比蘭
更聞廣陵散
一曲醉中彈

竹林亭(ちくりんてい)の集分韻弾字(しゅうぶんいんだんじ)

嵇阮(けいげん)　林間(りんかん)の会(かい)
琅玕(ろうかん)　席(せき)を擁(よう)して寒(さむ)し
過客(かかく)の問(と)うを労(ろう)せず
倶(とも)に此君(しくん)に対(たい)して看(み)る
幽賞(ゆうしょう)　酒(さけ)を賒(おぎの)るに任(まか)せ
窮交(きゅうこう)　且(まさ)に蘭(らん)に比(ひ)す
更(さら)に聞(き)く広陵散(こうりょうさん)
一曲(いっきょく)　酔中(すいちゅう)に弾(だん)ず

竹林亭がいずこにあったかは不明です。竹林亭に漢詩人が集い、作詩を競いあったことが推察できる五言律詩です。詩会は風雅さと詩人の実力を競うために、あみだくじのようにして韻をわり当てて作詩する遊びです。玉蘭は、彈（上平声十四寒韻）という韻字を引き当てたようです。律詩は必ず対句を用いる必要がありますから、初学者では難しい作法です。相当に年月をかけて技量を積まなければ、佳い律詩にはなりません。少女玉蘭は、詩会に出席して漢詩人に伍して競うくらいの実力を、充分に備えていたのでしょう。律詩の尾聯の八句目には、「一曲　酔中に弾ず」と巧みに引き当てた彈字を織り込んで詩文を完成させています。

春日某氏山荘

別業煙霞裡
春山石磴懸
花開芳樹色
人愛好林泉
遊鹿眠園後
流鶯媚酒邉
聊因幽興熟
竟日此留連

春日某氏山荘（しゅんじつぼうしさんそう）

別業（べつぎょう）　煙霞（えんか）の裡（うち）
春山（しゅんざん）　石磴（せきとう）懸（かか）る
花（はな）は開（ひら）く　芳樹（ほうじゅ）の色（いろ）
人（ひと）は愛（あい）す　好林泉（こうりんせん）
遊鹿（ゆうろく）　園後（えんご）に眠（ねむ）り
流鶯（りゅうおう）　酒辺（しゅへん）に媚（こ）ぶ
聊（いささ）か幽興（ゆうきょう）の熟（じゅく）するに因（よ）って
竟日（きょうじつ）　此（ここ）に留連（りゅうれん）す

春の日、某氏の山荘の情況を詠じた五言律詩です。

春の日の少女の視線に映じた風物を美しい表現の対句を駆使しつつ、風景が巧みに詠み込まれています。玉蘭は、つい去るに忍びない気持ちになって、終日、この山荘にとどまったようです。

出塞

烽火照邉塞
秋風萬馬鳴
天兵臨瀚海
飛將入龍城
大雪隨弓劍
驚沙撲旆旌
燕然殊不遠
莫憚勒功名

出塞(しゅっさい)

烽火(ほうか)　辺塞(へんさい)を照(て)らす
秋風(しゅうふう)　万馬(ばんば)鳴(な)く
天兵(てんぺい)　瀚海(かんかい)に臨(のぞ)み
飛将(ひしょう)　龍城(りゅうじょう)に入(い)る
大雪(たいせつ)　弓劔(きゅうけん)に随(したが)い
驚沙(きょうさ)　旆旌(はいせい)を撲(う)つ
燕然(えんぜん)　殊(こと)に遠(とお)からず
功名(こうみょう)を勒(ろく)するに　憚(はばか)ること莫(なか)れ

中国の漢詩の中でも、唐代の王翰（おうかん）や王之渙（おうしかん）の「涼州詞」や王昌齢（おうしょうれい）の「出塞行」などという詩は、辺境での郷愁を詠じた名詩としてとくに有名です。この「出塞」も、詩会の詩題として出されたものと思われます。国境の警備にあたる兵士にとって、生きてふたたび故郷に帰る日が訪れるか否かはわかりませんでした。辺境に赴く兵士らの不安感や寂寥感が伝わってきます。

長安月

長安城上月
一色照高秋
白露沾珠帳
金波滿御溝
鳴珂隨影轉
飛盖逐光游
借問誰家婦
獨生擣素愁

長安月（ちょうあんげつ）

長安（ちょうあん）　城上（じょうじょう）の月（つき）
一色（いっしょく）　高秋（こうしゅう）を照（て）らす
白露（はくろ）　珠帳（しゅちょう）を沾（うるお）し
金波（きんぱ）　御溝（ぎょこう）に満（み）つ
鳴珂（めいか）　影（かげ）に随（したが）って転（てん）じ
飛盖（ひがい）　光（ひかり）を逐（お）うて游（あそ）ぶ
借問（しゃもん）す　誰（た）が家（いえ）の婦（ふ）ぞ
独（ひと）り擣素（とうそ）の愁（うれい）を生（しょう）ず

この詩も詩題として詠じたものと思われます。長安城はとくに、漢・唐代に最も繁栄した都でした。秋たけなわの晴れわたった夜、白露が真珠をつらねたとばりを濡らし、濠には月光に輝いてゆれている波が満ちています。どこかで馬のくつわ飾りが鳴っています。いったいどこの家の婦人でしょうか？　独り夫の帰りを待ちながら、砧(きぬた)に載せて白ぎぬを打っている音も聞こえています。少女の玉蘭は、異国長安の情景を想像しながら詩作りをしたのでしょう。

秋夜

永夜空山裡
秋風拂薜蘿
踈簾來月色
高樹轉星河
客爲回舟去
烏隨撃柝過
鳴蛩聞愈切
坐使感情多

秋夜(しゅうや)

永夜(えいや)　空山(くうざん)の裡(うち)
秋風(しゅうふう)　薜蘿(へいら)を払(はら)う
踈簾(それん)　月色(げっしょく)を来(き)たし
高樹(こうじゅ)　星河(せいが)を転(てん)ず
客(かく)は回舟(かいしゅう)の為(ため)に去(さ)り
烏(からす)は撃柝(げきたく)に随(したが)って過(す)ぐ
鳴蛩(めいきょう)　聞(き)いて愈(いよ)いよ切(せつ)なり
坐(そぞろ)に感情(かんじょう)をして多(おお)からしむ

秋の夜長の情景を詠じた五言律詩です。秋の夜は長く、しかも人のいない寂しい山中にあって、隠者が住む住居での情景です。秋風がカズラで織った布をめくらせています。編み目のあらいすだれの合い間からは、月の光が差し込んでいます。客も小舟を巡らせて帰ってしまい、烏も撃柝の音に驚いて飛び去ってしまいました。野草の中で鳴くコオロギの声を聞いていると、いよいよ切ない気持ちが深まってしまう、そんな秋の夜の情景です。

夜渡湘江

夜渡湘江水
秋天月色明
波呑雲夢濶
山落洞庭清
處處哀猿急
行行旅雁横
停橈看楚竹
想像帝妃情

夜湘江を渡る

夜湘江の水を渡れば
秋天　月色明らかなり
波は雲夢を呑んで濶く
山は洞庭に落ちて清し
処々　哀猿急に
行々　旅雁横たう
橈を停めて　楚竹を看る
想像す　帝妃の情

柳河藩筆頭の家柄であった立花帯刀家に生まれた玉蘭は、おそらく自由に藩領の外に出ることは許されなかったでしょう。しかし、漢詩の世界においては、漢籍から詩書や歴史書を読んで、多くの詩人の生き方を学びながら縦横に旅をした気分を味わったに違いありません。この湘江を渡るという詩題も、中国詩人の詩集から得たものと思われます。いかにも洞庭湖（どうていこ）に遊んだ気分に満ちています。湘江は広西チワン族自治区に発し、北東に流れて、瀟水（しょうすい）をあわせて中国湖南省の北部にある洞庭湖に注いでいます。楚竹は楚国の篠竹のことで、洞庭湖岸に多く繁っています。そのような知識も詩に生かされています。律詩、結聯の八句目「想像す帝妃の情」は、自分自身の情でもあったと思うのです。

暮秋對月

搖落青山暮
西風白雁秋
鈎簾寒色動
把酒桂香浮
銀漢樓頭没
金波石上流
夜深雙杵急
幾處搗邉愁

暮秋(ぼしゅう)月(つき)に対(たい)す

揺落(ようらく)　青山(せいざん)の暮(くれ)
西風(せいふう)　白雁(はくがん)の秋(あき)
簾(れん)を鈎(か)ければ　寒色(かんしょく)動(うご)き
酒(さけ)を把(と)れば　桂香(けいこう)浮(う)かぶ
銀漢(ぎんかん)　楼頭(ろうとう)に没(ぼっ)し
金波(きんぱ)　石上(せきじょう)に流(なが)る
夜深(よるふか)くて　双杵(そうしょ)急(きゅう)なり
幾処(いくばく)か　辺愁(へんしゅう)を搗(つ)く

古来より、秋は詩人にとって詩情の湧く季節といわれてきました。玉蘭も、晩秋の夜月を詩題として作詩しています。秋風が吹いてすだれを揺らし、訪れる渡り鳥の白雁や、天の河の美しさ、月の光が、時の流れにしたがい移りゆく情景をとらえ、夜遅くまで杵(きね)で打つ音が聞こえてくるさまを詠じています。

春日訪隱者賦得
桃花盛開

桃花潭上宅
遶戸錦雲齊
客至宜春服
詩成和鳥啼
非關金谷會
似入武陵溪
猶有再游約
不教過客迷

春日(しゅんじつ)隠者(いんじゃ)を訪(と)い
桃花(とうか)盛(さか)んに開(ひら)くを賦(ふ)し得(え)たり

桃花(とうか)　潭上(たんじょう)の宅(たく)
戸(こ)を遶(めぐ)って　錦雲齊(きんうんもた)らし
客至(かくいた)って　春服(しゅんぷく)に宜(よろ)しく
詩成(しな)って　鳥啼(ちょうてい)に和(わ)す
金谷(きんこく)の会(かい)に関(あず)かるに非(あ)らず
武陵渓(ぶりょうけい)に入(い)るに似(に)たり
猶(な)お再游(さいゆう)の約有(やくあ)り
過客(かかく)をして　迷(まよ)わしめず

郵 便 は が き

料金受取人払郵便

8 1 2 − 8 7 9 0

博多北局
承 認
0426

169

差出有効期間
平成29年10月
31日まで

福岡市博多区千代3-2-1
麻生ハウス３F

㈱ 梓 書 院

読者カード係 行

ご愛読ありがとうございます

お客様のご意見をお聞かせ頂きたく、アンケートにご協力下さい。

ふりがな お 名 前	性 別（男・女）
ご 住 所 〒	
電　　話	
ご 職 業	（　　　　歳）

梓書院の本をお買い求め頂きありがとうございます。

下の項目についてご意見をお聞かせいただきたく、
ご記入のうえご投函いただきますようお願い致します。

お求めになった本のタイトル
ご購入の動機 1書店の店頭でみて　2新聞雑誌等の広告をみて　3書評をみて 4人にすすめられて　5その他（　　　　　　　　　　　　） ＊お買い上げ書店名（　　　　　　　　　　　　　　　　）
本書についてのご感想・ご意見をお聞かせ下さい。 〈内容について〉   〈装幀について〉（カバー・表紙・タイトル・編集）
今興味があるテーマ・企画などお聞かせ下さい。
ご出版を考えられたことはございますか？ ・ある　　・ない　　・現在、考えている

ご協力ありがとうございました。

ある晴れた春の一日、玉蘭が隠者を訪ねた時の情景を詠じています。折りしも桃樹が美しい紅色の花を満開に咲かせています。

この五言律詩は、その美しいさまを織り込んでいます。隠者の家は、川の水が深くよどむみぎわ近くに建っているようです。家の戸口のまわりには、美しい雲のようなもやが巡っています。客は春の装いが似合っています。作詩した詩を吟じると、鳴く鳥の声が和しているようにも思われます。隠者の住まいは、あたかも武陵源にあったと伝えられる桃源郷の渓谷に似ています。再び訪れる約束もできました。もう道に迷うこともありません。そういった作品になっています。この詩題の隠者とは、おそらく師の武宮謙叔のことと思われます。

秋夜聞琴

前山秋未盡
松籟入寒桐
借問誰家子
能教此調工
絳河飄白露
素月落丹楓
起向長江水
餘音更不窮

秋夜(しゅうや)琴(こと)を聞(き)く

前山(ぜんざん)　秋(あき)未(いま)だ尽(つ)きず
松籟(しょうらい)　寒桐(かんとう)に入(い)る
借問(しゃもん)す誰(た)が家(いえ)の子(こ)ぞ
能(よ)く此(こ)の調(しら)べをして工(たくみ)ならしむ
絳河(こうか)　白露(はくろ)を飄(ひるが)えし
素月(そげつ)　丹楓(たんぷう)に落(お)つ
起(た)って長江(ちょうこう)の水(みず)に向(む)かえば
余音(よおん)　更(さら)に窮(きわ)まらず

秋の夜、どこからともなく琴の音が聞こえてきます。いったい、いずこの家の誰が弾いているのでしょうか、なかなか巧みな調べです。

玉蘭も武家の娘ですから、琴を奏(かな)でている女性(ひと)がどのくらいの技倆なのか、推測できたはずです。

すでに銀河はしらつゆを漂わしています。明るい月の光が、朱く紅葉した楓の樹にかかっています。立ち上がって大河、筑後川の流れの方向に向かってみれば、余韻嫋々(じょうじょう)として窮まることがない風情を醸(かも)しています。

七言律

翠竹館新成賦贈主人

孤館新成倚竹林
琅玕交影晝陰陰
發聲閒聽笙簧響
垂實遙教鸞鳳尋
諸彦相逢高士座
此君不負主人心
他時願問幽棲地
一對青氈爽氣深

翠竹館新に成る　賦して主人に贈る

孤館　新に成って　竹林に倚る
琅玕　影を交えて　昼陰々
声を発して　間かに笙簧の響きを聴く
実を垂れて　遥かに鸞鳳をして尋ねしむ
諸彦　相い逢う　高士の座
此君　負かず　主人の心に
他時　願わくは　幽棲の地を問いて
一たび青氈爽気の深きに対せん

この詩は、翠竹館の新築落成に際して、同館の主人から嘱望されて贈ったもののようです。柳河藩内における、女流漢詩人としての玉蘭の評価が、高かったことを窺わせます。翠竹館は、美しい竹林の中に建てられた孤館だったのでしょうか。

高雅な笙（しょう）の音の響きが聞こえてきます。古来より、竹が実を結ぶのは、長い年月が必要といわれています。神鳥の鳳凰は、竹の実を食べると言い伝えられています。そのように竹林の竹が実を付けて鳳凰が食べに来るほどに、長い年月にわたって栄えるでしょう。多くのすぐれた若者たちが集っていたのでしょう、四君子の竹のような主人の気象が感じられます。他日訪ねて、竹林の深く爽やかな気象に向かいたいものです、と結んでいます。

奉贈大潮和尚
師時七十歳挂錫北山自慶庵

祇林亾恙舊禪扉
曾是津梁上國歸
北地江山開氣象
南天星斗送光輝
曇花應映香筵遍
白雪猶隨梵偈飛
名望人間偏景慕
何唯此壽古來稀

大潮和尚に贈り奉る
師は時に七十歳錫を北山自慶庵に挂く

祇林　恙亡し　旧禅扉
曽つて是れ　津梁　上国より帰る
北地の江山　気象を開き
南天の星斗　光輝を送る
曇花　応に香筵に映じて遍ねかるべし
白雪　猶お梵偈に随って飛ぶ
名望　人間　偏えに景慕す
何ぞ唯だ　此寿の古来稀なるのみならんや

大潮和尚は、本名、月枝元皓、西溟とも称しました。江戸中期の黄檗宗の僧侶で、肥前松原に生まれ、幼くして出家し、龍津寺の化霖道龍に嗣法し、江戸に遊学、詩文に長じて荻生徂徠と交わりました。大潮和尚は、誰もが認める西国、九州詩壇の重鎮でした。福岡藩甘棠館祭酒となった鴻儒・漢詩人亀井南冥も大潮に師事しています。服部南郭も徂徠の門人でしたから、深い縁がありました。玉蘭が大潮和尚に師事していなければ、果たして服部南郭に師事し、序文を得たかどうかもわかりません。また『中山詩稿』が、世に知られるような漢詩集になったかどうかもわかりません。当時、玉蘭はまだ十四、五歳の可憐な少女でしたし、師の大潮はすでに七十歳を超えていたことから考えても、人の縁の大切さを感じさせてくれる作品です。

詩文を読むと、玉蘭の詩才が並々ならぬものであったことが伝わってきます。

雪後登樓寄懷采石處士

北風吹落大江干
雪後開尊倚曲欄
萬頃銀波樓外湧
千章玉樹鏡中寒
名傳兎苑當年賦
興至山陰永夜看
爲報扁舟能載酒
一時移棹過前湍

雪後登楼　懐いを采石処士に寄す

北風　吹落す大江干
雪後　尊を開けて曲欄に倚る
万頃の銀波　楼外に湧き
千章の玉樹　鏡中に寒し
名は伝う兎苑　当年の賦
興は至る山陰　永夜の看
為に報ず扁舟　能く酒を載せ
一時　棹を移して前湍に過れと

雪の降ったある日、楼閣に登った際の楼上からの眺望を七言律詩にして、老師、武宮謙叔に寄せた作品です。

おそらくは課題詩ではなく、柳河藩領を流れる大河、筑後川の岸辺の高い場所の楼閣で詠んだ詩ではないかと想像されます。玉蘭の『中山詩稿』には、登楼の詩が三首も掲載されていますが、いずれも実景を思わせる情景描写が盛り込まれています。

北風が吹いている大河のそばの楼閣に玉蘭はいます。雪が降り止んだあと、酒樽を開けて酒を酌みかわし、心地良く温まったのでしょうか、まるい欄干の手すりによりかかっています。河面には、美しい銀色の波がはるか遠くから湧き出ています。また視線を他方に移せば、千本ほどの樹木はみな銀色の雪におおわれています。この詩中でも、「兎苑當年の賦」という中国の故事が引用されています。長い夜を見尽くしたいがためにも、酒を載せた小舟が大河を通過する際には、一時棹を移して、岸辺の早瀬の方まで舟を立ち寄らせて欲しいものです、と結んでいます。筑後柳河の風景と詩情を感じさせてくれる作品です。

七夕

風高河漢暮雲消
月色遙臨烏鵲橋
天上相逢牛女駕
樓前吹落鳳皇簫
玉桃何處隨王母
白鶴千年想子喬
謾道人間誇巧態
焚香且自坐通宵

七夕(しちせき)

風高(かぜたか)くして河漢(かかん)　暮雲(ぼうん)消(け)す
月色(げっしょく)　遥(はる)かに臨(のぞ)む　烏鵲橋(うじゃくきょう)
天上(てんじょう)　相逢(あいあ)う　牛女(ぎゅうじょ)の駕(かご)
楼前(ろうぜん)　吹(ふ)き落(おと)す　鳳皇(ほうこう)の簫(しょう)
玉桃(ぎょくとう)　何(いず)れの処(ところ)か　王母(おうぼ)に随(したが)う
白鶴(はっかく)　千年(せんねん)　子喬(しきょう)を想(おも)う
謾(みだり)に道(い)う　人間(じんかん)　巧態(こうたい)に誇(ほこ)ると
香(こう)を焚(た)いて　且(しばら)く自(みずか)ら通宵(つうしょう)に坐(ざ)す

天の河の出ている上空には、夕暮れどきの雲は消え去り、月の色は、はるかに烏鵲橋を照らしています。天上では、一年に一度の逢瀬に、牽牛と織女の駕（かご）が着いていることでしょう。また楼の前には、鳳皇の簫が吹き落ちています。玉桃はいずれの処で王母に随い、白鶴は千年にわたって、春秋時代の仙人とされる赤誦子喬を想っています。みだりに、人間はうるわしい姿を自慢しがちです。私は香を焚いて、七夕の夜空を夜どおし座って見ています。この作品にも幾つもの中国の故事が引用されています。

登大悲閣

上方香閣白雲端
西指滄江水渺漫
鵬翼垂天帆影白
龍宮占地寶華寒
踈鐘近入微風報
瀑布偏懸片雨看
別有芙蓉餘迸水
那須仙掌捧金盤

閣前置銅芙蓉以為盥盤水従盤底迸出

大悲閣に登る

上方の香閣　白雲の端
西の方　滄江を指せば　水渺漫
鵬翼　天に垂れて　帆影白く
龍宮　地を占めて　寶華寒し
踈鐘　近く微風に入って報じ
瀑布　偏に片雨を懸げて看る
別に芙蓉の迸水を余す有り
那ぞ須いん　仙掌　金盤を捧ぐることを

閣前に銅の芙蓉を置き以て盥盤と為し水は盤底より迸出す

大悲閣は、みやま市瀬高本吉の天台宗の清水寺の境内にあります。清水寺は、山頂近くの高い位置にあるため、大悲閣は白雲のきざはしにかかるほどです。眼下には、はるかに筑後川が河水を湛えて、限りなく西に流れています。大鳥が空いっぱいに翼を垂れているように、有明の海にかかり白帆の影が見えます。龍宮城の如く、土地を占領して仏徒が捧げた仏蓮華が、寒々と感じられるほどです。寺僧がまばらに撞く鐘の音が、微風に混じって時を知らせています。滝から流れ落ちる瀑布が、崖の一方を遮る様子を看せています。銅製の芙蓉の花のような盥盤には、泉水が迸って湧き出ています。どうして仙人の掌をかりて金盤を捧げる必要がありましょうか、と結んでいます。

元旦

萬戸晴光簇綵煙
人生喜値太平年
高堂壽與南山共
上國春從北斗傳
竹葉幾家開臘酒
椒花此處對芳筵
東園他日携琴過
屢和啼鶯出谷遷

元旦(がんたん)

万戸(ばんこ)の晴光(せいこう)　綵煙(さいえん)を簇(むら)がらす
人生(じんせい)　喜(よろこ)び値(あ)う　太平(たいへい)の年(とし)
高堂(こうどう)の寿(じゅ)は　南山(なんざん)と共(とも)にし
上国(じょうこく)の春(しゅん)は　北斗(ほくと)より伝(つた)う
竹葉(ちくよう)　幾(いく)ばくの家(いえ)か　臘酒(ろうしゅ)を開(ひら)く
椒花(しょうか)　此(こ)の処(ところ)　芳筵(ほうえん)に対(たい)す
東園(とうえん)　他日(たじつ)　琴(こと)を携(たずさ)えて過(よぎ)らば
屢々(るる)　啼鶯(ていおう)の谷(たに)を出(いで)て遷(かえ)るを和(わ)せん

晴れわたった元旦の朝、綾絹のような美しい靄（もや）が、筑後の国、柳河城下にたちこめています。一年の始まりとなる元日の朝が平穏であることを喜び、家々では、陰暦十二月に醸造した酒の樽を開いて、美酒を味わっています。玉蘭はこの七言律詩の中に、新しい年、風雅な世界に、邁進（まいしん）しようという意気込みを詠じ込んでいます。

贈沈老醫

日照扶桑渺紫煙
仙舟亾恙問津年
陽和忽向梅崎動
泉脈偏從橘井傳
嚢裡黄庭携寶籍
琴中白雪遶朱絃
縦非吾土宜留滞
何用登樓學仲宣

沈老医に贈る

日扶桑を照らして紫煙渺たり
仙舟　恙亡く　津を問う年
陽和　忽ち梅崎に向って動き
泉脈　偏に橘井より伝う
嚢裡の黄庭　宝籍を携え
琴中の白雪　朱絃を遶る
縦い吾土に非らざるも　宜しく留滞すべし
何んぞ用いん　登楼　仲宣を学ぶことを

沈という老医師は、『柳河藻』という漢詩集の中に見ることができません。しかし、漢詩を贈呈していることから、先輩の詩友であろうと想像されます。この七言律詩の中には、中国の有名な故事、「橘井伝」のことが盛り込まれています。晋代、蘇耽が死に臨み、明年、疫病があることを察知して、庭中の井戸水と軒のほとりに植わっている橘の葉を用いて病を治す方法を授けて、多くの人々を救った橘井水の故事や、後漢末の文人王粲の詩「登楼賦」を詩の中に詠じ込んでいます。玉蘭の学識の深さを、うかがい知ることができます。

和郤生九日登樓

佳節三秋眺望開
南山霽色擁樓臺
登高不負諸賢賦
滿座應傳九日盃
更有黃花能發興
寧教白髮謾生哀
總言禮數寬如此
落帽何妨醉裡回

郤生九日登楼を和す

佳節 三秋 眺望開く
南山の霽色 楼台を擁す
登高 負かず 諸賢の賦
満座 応に伝うべし 九日の盃
更に黄花の能く興を発する有り
寧ろ白髪をして謾りに哀を生ぜしめんや
総言 礼数 寛きこと此の如しと
落帽 何んぞ妨げん 酔裡に回ることを

詩友の郗選之が、九月九日重陽の節句に、高殿に登った時に詠じた七言律詩に、玉蘭が和韻した作品です。

よい時節の九月九日、高い楼に登ると、眺望は開けてどこまでも見えています。南方の山は晴れて、初秋の日差しが楼台を擁しています。

高い楼に登ったあなた方、諸賢の賦に負かされることはありません。満座の中で、しきたりの重陽の酒を酌み交わそうではありませんか。むしろ、白髪だといって、みだりに哀しみを生じさせることのないようにしましょう。すべてを言えば、礼儀の寛容なることかくの如きです。酔って帽子を落とすことも、また酔っ払って座を巡ることも、さまたげるものではありません。

初冬草堂集郤選之贈家醞

空庭落木擁階除
偶爾相迎諸彦車
坐冷林間秋盡後
興深江上雪飛初
交歡堪下南州榻
踈懶何論中散書
況値墻頭過濁酒
留連同醉白雲廬

初冬草堂の集郤選之に家醞を贈る

空庭の落木　階除を擁す
偶爾として　相迎う　諸彦の車
坐は冷やかなり　林間　秋尽きて後
興は深し　江上　雪の飛ぶ初
交歓　下すに堪えたり　南州の榻
踈懶　何ぞ論ぜん　中散が書
況んや墻頭より濁酒を過すに値う
留連　同じく酔う　白雲の廬

冬のはじめに、草堂に集っての詩会において玉蘭が、郁選之のために七言律詩を作って贈った作品です。郁選之の家の庭には、落木が階段に落ちています。詩会に集った諸君の車が、偶然にも出会っています。すでに秋がつきて久しく、座は冷ややかで、興趣は一段と深くなって、川の上には初雪が舞っています。互いに歓談するためには、南州で作った長いすからおりることも堪えることができます。

竹林の七賢人の一人、魏の嵇康の書のことを論じたりしていると、もしかすると、垣根のほとりを濁酒を売る人が過ぎるのに会うこともありましょう。去るにしのびないことです。一緒になって酔いましょう。

古戰場分韻迷字

古塞黄雲日影低
秋天一望自凄凄
霜飛草色餘鋒刃
風落松聲振鼓鼙
荒壘千年狐兎走
平沙幾處雁鴻迷
三軍精鋭空黄土
誰復功名拂石題

古戦場分韻迷字（こせんじょうぶんいんめいじ）

古塞（こさい）　黄雲（こううん）　日影（にちえい）低（た）る
秋天（しゅうてん）　一望（いちぼう）　自（おのずか）ら凄々（せいせい）
霜（しも）飛んで草色（そうしょく）　鋒刃（ほうじん）を余（あま）し
風（かぜ）落（お）ちて　松声（しょうせい）　鼓鼙（こへい）を振（にぎ）わす
荒塁（こうるい）　千年（せんねん）　狐兎（こと）走（はし）り
平沙（へいさ）　幾処（いくばく）か　雁鴻（がんこう）迷（まよ）う
三軍（さんぐん）の精鋭（せいえい）　空（むな）しく黄土（こうど）
誰（たれ）か復（ま）た　功名（こうみょう）　石（いし）を払（はら）って題（だい）せん

詩題によれば、おそらく詩会において、古戦場を詠じた詩文の韻をたがいに分けあって、玉蘭は迷という字を引き当てたようです。この字を詩文に盛り込んで、七言律詩を作詩したものです。二聯の対句も巧みに霜や風、草色、松声を織り込んで絶妙な響きをかもし出しています。詩文を口ずさむと凄々（せいせい）、殺伐（さつばつ）たる古戦場の雰囲気が伝わってきます。とても十代の少女の作品とは思えない、重厚さを感じさせてくれます。

春日訪隠者

南山近對羽人家
載酒携琴到水涯
應有靈芝生五色
更看僊鶴遶三花
瑤池留雪歌黄竹
玉洞乘春醉綵霞
也識還丹堪却老
問師能歴幾年華

春日隠者を訪う

南山　近く対す　羽人の家
酒を載せ　琴を携えて　水涯に到る
応に霊芝　五色を生ずる有り
更に看る仙鶴　三花を遶ることを
瑤池　雪を留め　黄竹を歌い
玉洞　春に乗じて　綵霞に酔う
也た識る　還丹　却老に堪えたることを
師に問う　能く幾年華をか歴たるを

春のある日、隠者を訪ねたという詩題になっています。隠者とは、中山村に隠居している漢詩人、武宮謙叔のことかも知れません。舟に酒と琴をたずさえて、隠者を訪ねるという風雅な詩文を盛り込み、とても美しい作品に仕上がっています。七言律詩の八句目は、少女の玉蘭から「幾歳になられましたか」と聞かれた老師が、無言で微笑している雰囲気が伝わってきます。

擬夏夜寓直

星文高擁漢明光
拄笏瑤階漏未央
皎月遙臨青鎖闥
薫風兼送御爐香
水澄銀漢知秋近
露滿金莖覺夜涼
況復河清今代事
寧無歌頌獻君主

夏夜(かや)の寓直(ぐうちょく)に擬(ぎ)す

星文(せいぶん)　高(たか)く擁(よう)す　漢(かん)の明光(めいこう)
笏(しゃく)を拄(か)けて　瑤階(ようかい)　漏(ろう)未(いま)だ央(なかば)ならず
皎月(こうげつ)　遥(はる)かに臨(のぞ)む　青鎖闥(せいさたつ)
薫風(くんぷう)　兼(か)ねて送(おく)る　御炉(ぎょろ)の香(こう)
水(みず)は澄(す)みて　銀漢(ぎんかん)に秋(あき)の近(ちか)きを知(し)る
露(つゆ)は金茎(きんけい)に満(み)ちて　夜(よる)の涼(りょう)を覚(おぼ)ゆ
況(いわ)んや復(ま)た　河清(かせい)　今代(きんだい)の事(こと)
寧(むし)ろ歌頌(かしょう)の君主(くんしゅ)に献(けん)ずる無(なから)んや

詩題の寓直とは、夜直などともいい、官吏などが役所で夜に宿直することです。中国詩などでも詩題としてたびたび用いられています。玉蘭にはそのような経験もないだろうし、あくまでも想像の世界です。夏の夜に宿直したことに擬して、七言律詩にしています。白い月の光のもとで、秋の深まりゆく中、白露に満ちた清涼さも伝わってきます。

冬日病起

時序崢嶸感暮年
空齋病起轉蕭然
西風落木悲秋後
朔地寒雲雨雪前
自咲生平關藥餌
却將謾興試詩篇
柴門寂寞無車馬
恐似揚雄草太玄

冬日病起(とうじつびょうき)

時序(じじょ)　崢嶸(そうこう)として　暮年(ぼねん)を感(かん)ず
空齋(くうさい)　病(やまい)より起(お)きては　転(うた)た蕭然(しょうぜん)
西風(せいふう)　落木(らくぼく)　悲秋(ひしゅう)の後(のち)
朔地(さくち)の寒雲(かんうん)　雨雪(うせつ)の前(まえ)
自(みずか)ら咲(わら)う　生平(せいへい)　薬餌(やくじ)に関(かか)ることを
却(かえ)って謾興(まんきょう)を将(もっ)て　詩篇(しへん)を試(こころ)む
柴門(しもん)　寂寞(せきばく)として　車馬(しゃば)無(な)し
恐(おそ)らくは揚雄(ようゆう)が太玄(たいげん)を草(そう)するに似(に)ることを

冬のある日、病気が治って床を離れた時の情況を、詩題としています。季節はあわただしく過ぎ去り、いつしか年の暮れとなっています。

正に肅然（しょうぜん）たる気持ちです。七言律詩は、対句の妙味が味わえるのですが、この句は、「自ら咲う生平薬餌に関ることを　却って謾興を将て詩篇を試む」の対句は、玉蘭の女流漢詩人の気概をうかがわせるものがあります。しかも尾聯では典故を用いて、巧みに詩全体を締めくくっています。

五言絶句

和采石處士楊柳枝詞三首　采石処士楊柳枝の詞を和す三首

繞門多垂柳　門を繞って　垂柳多し

相看堪愉悦　相看て　愉悦するに堪えたり

自君繫驊騮　君が驊騮を　繫ぎし自り

不爲離人折　離人の為に折らず

詩題の楊柳枝とは、楽府、近代曲辞のひとつです。唐の白居易に始まり、一時に伝誦しました。そして新声をもって詩人、劉禹錫はこの体にならい、李商隠なども楊柳枝を作っています。劉禹錫の楊柳枝詞は特に有名です。楊柳とは、やなぎおよび類似の木の総称です。玉蘭も、師の武宮謙叔が作詩した楊柳枝に和して、五言絶句三首を作っています。

垂柳君莫折
恐駭黄鶯児
鶯語能留客
不關久別離

垂柳（すいりゅう） 君（きみ）折（お）ること莫（なか）れ
恐（おそ）らくは黄鴬児（こうおうじ）を駭（おど）ろかさん
鴬語（おうご） 能（よ）く客（かく）を留（とど）め
久別離（きゅうべつり）に関（かか）わらず

しだれて長く垂れ下がった柳の枝を折ってはなりません。なぜなら、鴬の子どもを驚かすことになるからです。鴬の美しい鳴き声はよく、路を行き過ぎようとする人を引き止めます。また、その風情は慰めともなるものです。たとえ久しい別れの為に、柳の枝を折って送別の気持ちを表したいということであっても、思いとどまって欲しいものです。

少女のやさしい感性がうかがえる作品になっています。

依依河畔柳
相對自成陰
東岸復西岸
偏知雨露深

依々たり　河畔の柳
相対して　自ら陰を成す
東岸　復た西岸
偏に雨露の深きを知る

柳の枝がしなやかに垂れている河畔の情景をとらえています。おそらく、両岸の堰堤に対照的に柳樹が並木になって植わっているのでしょう。両岸のよく繁った楊柳を見ると雨や露が深いことを察知することができるのです。

盆石
已下三首應人求
奇石出盆水
水中且養魚
人言洞庭勝
縮地在君廬

盆石
已下三首、人の求めに応ず
奇石　盆水を出し
水中　且た魚を養う
人は言う　洞庭の勝
地を縮めて　君が廬に在りと

盆石とは、趣のある自然石を盆の上に配して風景を写したもので、別名、盆景とも称します。盆石には、奇石と称する珍しい形の石が好まれます。盆の中に水を張り、小魚を泳がせたり、景勝地の景観に似た盆石を配して、すぐれた景勝地を縮尺させたようにも想像できます。また小さな模型の庵を配置すれば、僧侶や隠居した人などが住む草庵にも思われるのです。

盆荷

盆中植白蓮
如在緑池邉
非是遠公社
亦知賔主賢

盆荷（ぼんか）

盆中（ぼんちゅう）　白蓮（はくれん）を植（う）え
緑池（りょくち）の辺（ほとり）に在（あ）るが如（ごと）し
是（こ）れ遠公（えんこう）の社（しゃ）に非（あ）らざるも
亦（ま）た賔主（ひんしゅ）の賢（けん）を知（し）る

盆荷とは、盆の中に水を張り、蓮の花を植え付けて、蓮の植わっている池の景色を楽しむ趣向です。盆の中はさながら、緑色の池の中に白い蓮の花が咲いているように見えます。遠公とは、晋代の高僧、恵遠（えおん）のことでしょう。太元中、精舎を廬山（ろざん）に建てて、慧水等と白蓮社を建てた人です。玉蘭は、盆荷を作った主人の賢さと風雅な趣味を誉めています。

溪居圖

應是武陵洞
溪流送落花
杳然聞犬吠
何路向仙家

溪居図(けいきょず)

応(まさ)に是(こ)れ　武陵洞(ぶりょうどう)なるべし
溪流(けいりゅう)　落花(らっか)を送(おく)る
杳然(ようぜん)として　犬(いぬ)の吠(ほえ)るを聞(き)く
何(いず)れの路(みち)か　仙家(せんか)に向(むか)わん

溪居図とは、溪谷に建てられた住居の図画のことです。武陵洞は、武陵源にいたる洞のことです。武陵源は、晋の時代の陶淵明(とうえんめい)の作った「桃花源記」の中にあります。その「桃花源記」には、太元中、武陵の漁人が溪に沿って行きつくと、偶然にも、桃花の林に入り、さらに源をさかのぼって行くと、仙境に至ったということが記述されています。玉蘭は、これを題材として五言絶句を詠じています。

玉樹圖

謝家玉樹色
曾對芝蘭榮
不朽同金石
千載慕令名

玉樹図（ぎょくじゅず）

謝家（しゃか） 玉樹（ぎょくじゅ）の色（いろ）
曾て（かつ） 芝蘭（しらん）に対（たい）して栄（さか）ゆ
不朽（ふきゅう） 金石（きんせき）に同（おな）じ
千載（せんざい） 令名（れいめい）を慕（した）う

玉樹図とは、仙木を描いた図画のことです。また玉樹は、すぐれて高潔な風さいの人を喩（たと）えます。金石と同じように、朽ちることなく千年以上も名声が続いて、慕われることでしょうと結んでいます。

送人之江南
離席歳将暮
江南路且賒
請君逢驛使
莫憚寄梅花

人の江南に之くを送る
離席　歳将に暮れんとす
江南路　且た賒かなり
請う君　駅使に逢わば
梅花を寄するに　憚ること莫れ

この詩は課題詩と思われます。中国の晩唐の詩人、杜牧の「江南の春」という揚子江下流の南方の美しい情景を詠じた詩があります。

まさに一年が過ぎようとする歳末の時に、今まで一緒に学んでいた学友が、業を終えて江南に帰ろうとしています。江南の路は遥かに遠いところです。どうか帰る途中に駅使に出逢ったら、私に梅花をことづけることを憚らないでくださいと結んでいます。

玉蘭の、繊細な乙女心を感じさせる作品になっています。

送人之北地

落日高臺上
驪駒對酒歌
君今莫辭醉
風雪滿關河

人(ひと)の北地(ほくち)に之(ゆ)くを送(おく)る

落日(らくじつ)　高台(こうだい)の上(うえ)
驪駒(りく)　酒(さけ)に対(たい)して歌(うた)う
君(きみ)は今(いま)　酔(よ)いを辞(じ)すること莫(なか)れ
風雪(ふうせつ)　関河(かんが)に満(み)たん

この詩も課題詩と思われます。北方に帰る人を送別する宴のときの、情景を詠んだ五言絶句です。太陽が西に沈もうとするころ、送別の宴は、高台にあって、別れを惜しむときに吟じられる黒駒の詩が歌われています。貴方は、私が勧める酒を、どうか辞退しないでください。風雪が、関所のある大河に満ちています、と結んでいます。わずか四句、二十字で詩情が見事に調和しています。

七言絶句

奉寄東林和尚　二首

玉芝山畔梵主臺
臺上慈雲擁上台
總爲雨花飛不盡
隨風遠送玅香來

東林和尚に寄せ奉る　二首

玉芝　山畔　梵主台
台上の慈雲　上台を擁す
総て雨花の飛び尽くさざるが為に
風に随って遠く玅香を送り来る

玉蘭は、東林和尚に対して、他に一首、贈詩を作詩しています。その詩題から推量すれば、柳河から遥か遠い、江戸に住んでいた僧侶だと想像されます。美しい霊芝が生える山のほとりにある寺のうてなとは、あるいは芝の増上寺のことでしょうか。台上には、恵みがあまねく及ぶように、雲が一面におおっています。雨の中に咲く花の香りが飛んで尽きないのでしょう。風にしたがって、妙なる香りがこちらまで送られて来ています。少女詩人から美しい七言絶句を寄せられた、東林和尚の心中が想像されます。

其二

萬仭芙蓉海上天
長留白雪映晴烟
知師望嶽篇成後
遍向人間幾處傳

其二

万仭の芙蓉　海上の天
長く白雪を留めて晴烟に映ず
知んぬ師が　望嶽篇成って後
遍く人間に向いて　幾処にか伝えん

東林和尚に寄せて、気高く美しい富士山を詠じています。江戸時代の浮世絵師の葛飾北斎が描いた富嶽百景の中でも、とくに荒海の、波涛のはるか彼方に見える富士山の画を思い浮かべてしまう作品です。千年の残雪を留める富士山が、晴れた空に、もやの中に輝いています。詩文によれば、東林和尚には『望嶽篇』という著書があるようです。その著書があまねく全国各地に伝わっていくことを願って詩文を結んでいます。

和田生壽老親作

玉壺金椀注流霞
自是僊翁別有家
知爾高堂歡舞日
婆娑綵服映瓊花

田生老親を寿する作を和す

玉壺　金椀　流霞を注ぐ
是れより仙翁　別に家有り
知んぬ爾が　高堂に　歓舞の日
婆娑たる綵服　瓊花に映ぜん

田という詩友が、年老いた父親の長寿を祝う詩を作ったのです。その賀詩に、玉蘭が和韻した作品です。玉で製した美しい酒器の壺から、黄金の椀に、霞のような清らかな酒が注がれています。これからは仙人のような長寿の翁には、別にもうひとつ家があります。立派な屋敷の中で歓んで舞うような日が訪れて、長寿を祝う宴が開かれ、綾絹を織った美しい服を着た姿が美しい花に映じていることでしょう。

翠竹館集和主人見眎

青尊依舊竹林邉
留客風流憶晉年
儻道山中無所有
君今何贈白雲篇

翠竹館の集　主人に眎さるを和す

青尊　旧に依る　竹林の辺
客を留め風流　晉年を憶う
儻し山中　有る所無しと道わば
君に今　何んぞ白雲の篇を贈らん

出来立ての新酒を飲むのは、以前と同様に、竹林のほとりにある翠竹館なのです。お客が集いあって、晋代の風流な集いを思い出しました。

山の中にあって、もはや所有したいものが無いというならば、あなたに今こそ、周の穆王が崑崙山に登ったときに西王母が謡ったという、白雲篇を贈ってさしあげましょうと結んでいます。この詩にも、中国の周の穆王や西王母の故事が巧みに用いられています。

謝慧公自天臺歸惠名牋
春風吹入碧窗紗
忽有名牋勝浣花
非是應身飛錫杖
何因贈我赤城霞

慧公天台より帰りて名箋を恵れるを謝す
春風　吹いて碧窓の紗に入る
忽ち　名箋の浣花に　勝れる有り
是れ応に　身の錫杖を飛ばすに　非らずんば
何に因ってか　我に赤城の霞を贈らん

玉蘭は、慧公という僧侶が天台より帰ってきた時に、美しい詩箋を贈られたようです。牋とは、詩や文章を書くための小幅の美しい紙のことです。春風が吹き入って、碧色の窓辺にある紗をそよがせています。たちまち名牋は浣花渓の景勝にすぐれるものがあります。これはまさに、自分で錫杖を飛ばして行脚するという因縁がなければ、私に赤城（浙江省天台県の焼山のこと）の霞を贈ることにならなかったでしょう。浣花渓は、中国四川省成都の西、百花譚ともいい、唐の時代の杜甫が、浣花草堂を建てて住んだ地をいいます。また赤城は、中国浙江省天台県の北、天台に登る者は必ずここを経たと伝えられています。こうした故事も織り込んで、詩中にて、名牋を恵んだ慧公への感謝の意を表しています。

遊郇選之林亭

汝家深住竹林西
報道梅花滿古溪
到日芳尊春酒熟
新詩聊得醉中題

郇選之が林亭に遊ぶ

汝が家　深く住す　竹林の西
報道す　梅花　古渓に満ちると
到る日　芳尊　春酒熟す
新詩　聊か酔中に題することを得たり

詩友の郇選之の家は、竹林の西方にあるようです。報せによると、むかし訪ねたことがある渓谷に、梅花が満開に咲いているということです

玉蘭が訪ねた日は、折りも良くて、香り高い新酒が熟してきた時節でした。そこで新しい詩は、美酒にほろ酔いのなかで詩題を得ることが出来ました。風雅な柳河藩の漢詩人の集いを、髣髴と想像させてくれる作品です。

上巳後一日西伯菴過訪

桃花亾恙満溪春
客至扁舟問舊津
莫道流暢非昨日
逢君重得醉芳辰

上巳後一日（じょうしごいちじつ）　西伯庵（せいはくあん）に過訪（かほう）す

桃花（とうか）　恙亡（つつがな）き　満渓（まんけい）の春（はる）
客至（かくいた）って扁舟（へんしゅう）　旧津（きゅうしん）を問（と）う
道（い）うこと莫（なか）れ　流暢（りゅうちょう）　昨日（さくじつ）に非（あら）ずと
君（きみ）に逢（あ）って　重（かさ）ねて芳辰（ほうしん）に酔（よ）うことを得（え）たり

上巳とは三月三日のことですから、その翌日に、西伯庵を訪問したときの作品です。季節は春、渓谷には桃の花が、つつがなく満開に咲いています。渓谷までの道のりを小舟に乗ると、舟は、むかし訪ねたことのある舟着き場に着きました。私の話し方が、昨日のようにすらすらとよどみなく話せないなどと言ってはいけませんよ。今日、あなたと花の匂う春の時節に逢って、こうしてふたたび香り高いお酒をたしなむことができたのですから、酔うのは自然ではありませんか。そう言った玉蘭の心緒と雰囲気が伝わってきます。

聞諸子宴養恬窩聊贈之

春雲吹滿萬峯西
求友黄鶯出谷啼
爲識董家諸子姪
新詩偏傍杏花題

諸子養恬窩に宴と聞いて聊か之を贈る

春雲　吹き満つる　万峰の西
友を求むる　黄鶯　谷を出て啼く
為に識る　董家の諸子姪
新詩　偏に杏花に傍いて題せんことを

玉蘭は、柳河藩の漢詩人達が、養恬窩に集って詩会を開くことを聞きました。しかし、玉蘭は何らかの理由で出席できなかったようです。そこで詩を作って諸子の宴に詩を贈った作品です。諸子ですから、もしかすると師が同席していない、玉蘭と同輩以下の人達による詩会だったのでしょう。春の風に乗って、吹き集まった雲がいっぱいになった峰々の西方には、友を求めるウグイスが渓谷を出てさえずっています。董家の諸子姪も識っていたように、私も新しい詩は、杏花にちなんだ詩題で試みることにしましたと結んでいます。

送曇龍師之東都兼
奉寄東林和尚

青天一錫隔關河
東指芙蓉壯志多
君謁遠公煩致訊
虎溪寒色近如何

曇龍師の東都に之くを送って兼せて
東林和尚に寄せ奉る

青天　一錫　関河を隔つ
東に芙蓉を指して　壮志多し
君は遠公に謁せば　致訊を煩わす
虎渓の寒色　近ごろ如何んと

詩題は、江戸に赴く曇龍師を送別し、併せて江戸の東林和尚にも詩を寄せる形式となっています。曇龍師は熊本の人で、浄土宗の僧侶でした。江戸に出て増上寺の円海和尚に宗学を学んでいます。柳河の玉蘭と、大詩人、服部南郭をつなぐ人物だったと考えられています。

青空の下、一本の錫杖を手にして、関所となる大河を渡っていくことになります。さらには、芙蓉と美称される富士山も目指していて、壮大なる志がさぞかし多いことでしょう。あなたは、東林和尚をわざわざ訪ねることを煩わせるのではと気遣いますが、虎渓の冬の景色は近頃はいかがですかと訊ねて欲しいものです。

　虎渓とは、中国の江西省九江県の南、廬山東林寺の前にありました。晋の時代に慧遠法師が廬山の東林寺に居て、未だ虎渓を渡ったことがなかったのですが、一日、陶淵明、陸修静の二人を送って覚えず虎渓を渡ってしまい、虎の嘯(うそぶ)くのを聞いて安居禁足(あんきょきんそく)の誓いを破った事に気づき、三人相顧みて大笑した「虎渓三笑」の故事と、虎渓の東林寺と東林和尚を掛けています。詩題として、有名な虎渓の故事を用いた、玉蘭の学識の高さと巧みな作詩力に驚かされます。

含遠楼集各分賦古跡得一谷

深山窮谷自黄昏
空使翠華漂海門
十萬甲兵鎖歇久
鷓鴣幾處和哀猿

含遠楼(がんえんろう)の集(しゅう) 各々(おのおの)古跡(こせき)を分賦(ぶんぷ)一谷(いちのたに)を得(う)

深山(しんざん) 窮谷(きゅうこく) 自(おのずか)ら黄昏(こうこん)
空(むな)しく翠華(すいか)をして 海門(かいもん)に漂(ただよ)わしむ
十万(じゅうまん)の甲兵(こうへい) 鎖歇(さけつ)久(ひさ)し
鷓鴣(しゃこ) 幾処(いくばく)か哀猿(あいえん)に和(わ)す

含遠楼で詩会があり、玉蘭は、古戦場の詩賦をばらばらに分けて、歴史上の古跡、一ノ谷を引き当てたようです。それぞれ集った人々が、作品の優劣を競った時の作品です。一ノ谷は、神戸市須磨区の六甲山南西端の鉄拐(てっかい)山と鉢伏山が、須磨海岸に迫る狭隘(きょうあい)な地、北東に鵯越(ひよどりこ)えがあり、源平合戦の古戦場となったところです。奥深い山には、いつしか黄昏がせまっています。空しく翠色の花は、海峡に浮かんでゆれながら漂っています。在りし日、十万の屈強な兵士たちも、滅び去って、久しい歳月が経ってしまいました。鷓鴣(しゃこ)の鳴き声が、哀しい声で啼く猿の啼き声に調和しています。玉蘭の懐古詩の作風を、この詩からもうかがい知ることができます。

日者某氏令媛見惠國風
一章因摘某末字
爲韻聊賦一絶以奉謝
秋晩兼葭夜著霜
月明望斷水中央
瑤琴却有想思曲
遙贈餘音到故郷

日者某氏の令媛に国風一章を恵まれ
因みに某末字を摘びて
韻と為し聊か一絶を賦して以て奉謝す
秋晩れて　兼葭　夜霜を著け
月明　望むに断水の中央
瑤琴　却って想思の曲有り
遥かに余音を贈って　故郷に到る

玉蘭は、某氏のお嬢さんから、中国の詩書『詩経』の一章である「国風」を恵まれました。「国風」とは、中国の地方諸国の歌を集めた章になっています。その詩文の一番下にある字を摘み出して、押韻として絶句一首を作って感謝の意を表した作品です。

秋の日が暮れて、葭は夜になると霜をつけています。月の明かりを望めば、池の水面の中央にあります。美しい琴が発する妙なる音色は、相思の曲を奏でています。音色ははるか彼方にまで余韻を送って故郷にまで到るでしょう。身分の高い家の令嬢が弾く琴とは、おそらく、玉蘭に「国風」を贈った女性を指したものと想像されます。

五日小集

園林五月石榴開
花下頻含長命杯
總道芳辰堪罄醉
樽前笑殺獨醒才

五日の小集

園林　五月　石榴開く
花下　頻りに含む　長命の杯
総て道う　芳辰　酔いを罄すに堪えたりと
樽前　笑殺す　独醒の才

五月五日、端午の節句に、小さな詩会が催された時の作品です。五月の園の中にある林には、朱い石榴の花が美しく咲いています。花の下では、詩人たちの小宴が開かれています。飲めば長生できる延命酒を入れたさかずきを酌み交わして、さかんに口に含んでいます。総じていうことは、節句という良き日には酔いを尽くすことに堪えましょう。酒樽の前でにっこり笑って、独りだけ酔わないで醒めている人がいます。いったい誰のことをいっているのでしょうか。独り醒めているとは、玉蘭自身のことをいっているのでしょうか。座の雰囲気が想像できる面白い表現で、七言絶句を結んでいます。

宮怨

漢主樓臺十二欄
笙歌長使聖顏歡
那知遙夜深宮月
偏照薫籠玉枕寒

宮怨(きゅうえん)

漢主(かんしゅ)の楼台(ろうだい)　十二欄(じゅうにらん)
笙歌(しょうか)　長(とこし)なえに 聖顔(せいがん)をして歓(よろこ)ばしむ
那(なん)ぞ知(し)らん　遥夜(ようや)　深宮(しんきゅう)の月(つき)
偏(ひとえ)に薫籠(くんろう)　玉枕(ぎょくちん)の寒(さむ)きを照(て)らすことを

宮怨とは、宮中に仕える宮女の、君王の寵愛を失った恨みをさしています。おそらくは詩題として詠んだ作品と思われます。

漢王の楼台は十二もの欄(てすり)がある豪華な造りだったのでしょう。

宮詞

御溝西畔數螢流
斜倚瑤階望女牛
半夜清風吹玉樹
自憐紈扇不堪秋

宮詞(きゅうし)

御溝(ぎょこう)　西畔(せいはん)　数蛍(すうけい)流(なが)る
斜(なな)めに　瑶階(ようかい)に倚(よ)って　女牛(じょぎゅう)を望(のぞ)む
半夜(はんや)　清風(せいふう)　玉樹(ぎょくじゅ)を吹(ふ)く
自(おのずか)ら憐(あわ)れむ　紈扇(がんせん)　秋(あき)に堪(た)えざることを

宮詞とは、詩の一体で、とくに宮中の物事を詠じた詩をさしています。王宮の溝は清らかで、西畔には、数匹の蛍が流れるように飛んでいます。美しい階段の手すりにもたれて、天の河の牽牛星と織女星を見上げています。夜半になって、清らかな風が美しい樹々をそよがせています。自ずから白い練り絹のうちわもいらないような、秋の深まりを感じさせている情景を表現しています。

塞上曲

萬里蕭條大漠寒
孤鴻聲斷憶長安
無端城上吹横笛
夜月關山曲裡看

塞上の曲（さいじょうのきょく）

万里（ばんり）　蕭條（しょうじょう）として　大漠（だいばく）寒（さむ）し
孤鴻（ここう）　声（こえ）断（た）えて　長安（ちょうあん）を憶（おも）う
端（はし）無（な）くも　城上（じょうじょう）　横笛（おうてき）を吹（ふ）く
夜月（やげつ）　関山（かんざん）　曲裡（きょくり）に看（み）る

塞上曲とは、辺境の要塞の上で吹く笛の音色を指しています。

都から遥かに遠い距離を隔てた荒れた僻地は、ひっそりとものさびしく、また果てしなく、寒々とした砂漠が広がっています。群を離れた一羽のおおとりの声も絶えてしまって、遠く離れた都の長安のことを憶うばかりです。やるせない気持ちで、城塞の上にあがって横笛を吹いていると、夜の月光が、国境の山々を照らしているのが見えています。

少女の玉蘭の作とは思えない、辺塞の寂寥感あふれる作品になっています。

和采石處士宿雪峯山見贈

百尺藤蘿日已曛
支公留客且論文
朝來堪贈峯頭色
白雪成篇勝白雲

采石処士　雪峰山に宿して　贈らるを和す
百尺の藤蘿　日已に曛ず
支公　客を留めて　且く文を論ず
朝来　贈るに堪えたり　峰頭の色
白雪　篇を成して　白雲に勝れり

采石は、玉蘭の漢詩の師、武宮謙叔の雅号です。雪峰山に宿すの詩を贈られ、その詩に和韻した七言絶句です。百尺も長く山藤のかずらが連なる深い山々には、夕陽がくすんで見えます。晋の時代の僧侶、支遁は、支硎山のふもとに住んで、支林公と呼ばれました。その支公が、お客を引き留めて、詩文を論じたという逸話が残っています。朝早くから、人に贈りたいほどの美しい白雪を、峰の頂きに見ることができます。その白雪は、篇をなしている白雲にも勝る美しい白さですと結んでいます。

夜猿啼

峽中無處不蕭森
十二灘頭落月沈
一夜啼猿多少恨
聲聲添得客愁深

夜猿(やえん)の啼(な)く

峡中(きょうちゅう)　処(ところ)として　蕭森(しょうりん)ならざるは無(な)し
十二灘頭(じゅうにだんとう)　落月沈(らくげつしず)む
一夜(いちや)　啼猿(ていえん)　多少(たしょう)の恨(うら)み
声々(せいせい)　客愁(かくしゅう)を添(そ)え得(え)て　深(ふか)からしむ

夜になって啼く野猿の声は、悲しみを伴う声として、詩題にも多くの詩人たちに取り上げられてきました。玉蘭も同様に作詩を試みたものと思われます。峡谷の中は樹木が生い茂っていて、静かで、もの寂しくないところなどはありません。十二カ所の早瀬には、夜月が落ちて沈んでみえます。暮れ方から明け方まで啼いている猿たちは、きっとたくさんの恨みがあるのでしょう。啼き声が啼き声を呼んで、いよいよ旅人の愁いも深まっていくことになるのです。

送人還郷
海上春雲曙色開
錦帆遙向故郷回
江山況復多佳興
遲爾新詩寄我來

人の郷に還るを送る
海上の春雲　曙色開く
錦帆　遥かに　故郷に向かって回る
江山　況んや復た　佳興多し
遅つ爾の新詩　我に寄せ来らんことを

故郷に帰る友人に対して送った七言絶句です。詩の内容からすれば、帰路は海路をとったものと推察されます。海の上には春の雲がたなびき、曙色になって広がっています。立派な白帆の船は、遥かな故郷の方角に舵を向けています。行き過ぎる山河の風景は、またまた趣きがあって興味深いことも多いでしょう。遅くなってもいいから、貴方の新しい詩を私に寄せてくれることを期待しています。

結句は、詩人同士が、頻繁に手紙のやり取りや、詩文の応酬を行っていたことを物語っています。

和田子懌江樓賞月

海天明月照登樓
萬里金波浸檻流
黄鶴仙人誰得見
玉簫吹出佳花秋

田子懌（でんしえき）　江楼（こうろう）に月（つき）を賞（しょう）するを和（わ）す

海天（かいてん）の明月（めいげつ）　登楼（とうろう）を照（て）らす
万里（ばんり）の金波（きんぱ）　檻（らん）を浸（ひた）して流（なが）る
黄鶴（こうかく）の仙人（せんにん）　誰（たれ）か見（まみ）ゆることを得（え）ん
玉簫（ぎょくしょう）　吹（ふ）き出（いだ）す　佳花（けいか）の秋（あき）

玉蘭は、詩友の田子懌が、入江近くに建っている高い楼閣に登って、明月を観賞したという詩に和韻した作品です。海上の大空に懸かった曇のない名月が、高楼を照らしています。はるか万里の彼方から打ち寄せてくる波は、月の光が映じて、金色に輝いてまるで欄を浸すほど近くまで流れついています。かつて中国湖南省武昌県の南にあった黄鶴楼に、伝説の仙人が訪れたように、この高楼でも、誰か黄鶴仙人を見ることができるでしょうか。宝玉をちりばめた美しい笛から、吹き奏でられるような香り高い木犀が咲く秋なのです。この詩は、よほど玉蘭も気に入っていたものと思われます。本著の口絵、玉蘭が自筆した雄渾な揮毫からもうかがい知ることができます。

又和遊觀魚亭
觀魚亭上坐觀魚
羨爾逍遙與世疎
自是濠梁知所樂
相逢不必問何如

又た観魚亭に遊ぶを和す
観魚亭上　坐して魚を観る
羨む爾　逍遥　世と疎なることを
自ら　是れ濠梁　楽しむ所を知る
相い逢うて　必ずしも如何と問わず

観魚亭に遊ぶの詩にふたたび和韻した作品です。観魚亭の座敷に座ったままで、自由に泳ぎ回っている魚を観賞していると、ふと、世の中のできごとに疎いまま、自由に池の中を泳ぐ姿を羨ましく思う気持ちになります。濠の水の流れに横たう石などをめぐる楽しさを知っているからでしょう。魚たちは泳ぎ回っている間、始終、互いに出逢っても、必ずしも今どう思っているかなどと問いかけることはありません。

玉蘭は女流漢詩人として自立し、自由に全国を漫遊したいという夢を持っていたと思われます。しかし、良家の愛姫として育った玉蘭は、ついに漫遊を果たすことができない自分の境遇と比較して、池の中を自分の世界としている魚たちのように、諦観した生き方を詩の中に表現した作品だと見ることができます。

九日病中贈人

佳節空齋病裡寒
黄花空傍枕邉看
聞君已盡登高醉
不減龍山落帽歡

九日病中人に贈る

佳節　空斎　病裡に寒し
黄花　空しく　枕辺に傍いて看る
聞く君　已に　登高の酔を尽すと
減ぜず龍山　落帽の歓びを

九日とは、九月九日、重陽の日のことです。本来ならば詩会に出席していたのですが、玉蘭は病気で寝ていたようです。それでも病床にて作詩して、人に贈った作品です。

九月九日、重陽というめでたいよき時節なのに、人気のない書斎の中でいまだ病気がいえず寒気がしています。部屋の枕辺のかたわらに、黄色の花を空しく見ることができます。聞くところによれば、貴方はすでに高い楼に登って、菊酒を酌み交わして酔いを尽くしているとのことですね。どんなに酔っても、龍山落帽の歓びが減ることはありませんよ、と結んでいます。

結句に用いた龍山落帽は、中国の故事を引用しています。中国晋の時代、龍山で開かれた重陽の酒宴に招かれた孟嘉が、風で帽子を飛ばされたにも関わらず、平然と酒を飲み続けたという故事をいいます。中国では、人前で帽子をとることはきわめて恥ずかしいこととされていたので、同席していた者たちが孟嘉をあざける詩を作ったのですが、孟嘉は機知をもってこれに返したのでした。

楚宮詞

十二峯高望未開
爲雲爲雨遶陽臺
不因宋玉能裁賦
誰識瑤姫夢裡來

楚宮(そきゅう)の詞(うた)

十二峰(じゅうにほう)　高(たか)くして望(のぞ)めども　未(いま)だ開(あ)けず
雲(くも)と為(な)り　雨(あめ)と為(な)って　陽台(ようだい)を遶(めぐ)る
宋玉(そうぎょく)が能(よ)く　賦(ふ)を裁(さい)するに因(よ)らずんば
誰(たれ)か識(し)らん　瑶姫(ようき)の夢裡(むり)に来(き)たることを

楚とは、周代、春秋時代、戦国時代にわたって、現在の湖北省と湖南省を中心に広い地域に存在した国をさします。十二峰もある高い山は、未だ晴れ渡らないために、完全にすべてを見ることができません。あるいは雲となり雨となって、伝説上の山、陽台をめぐります。戦国時代の楚の人で、詩歌をよく作った宋玉(そうぎょく)によらなければ、仙女の瑶姫が私の夢の中に現れたことを、誰が識っているでしょうか。玉蘭は、この七言絶句でも中国晋の時代の故事を用いています。おそらく、采石や釋大潮などの師の影響を受けて、次第に晋代への興味が深まったものと思われます。

與友人約山中看桃花
値雨不果賦贈

蕭蕭風雨度簾前
興盡青山轉寂然
樹樹紅桃空慘澹
武陵春色有誰憐

友人と山中に桃花を看んと約す
雨に値いて果さず賦して贈る

蕭々たる風雨　簾前を度る
興尽きて　青山　転た寂然
樹々の紅桃　空しく惨澹
武陵の春色　誰れ有ってか憐まん

友人と一緒に、山中の桃花を見物に行く約束をしたようですが、当日はあいにくの雨になって実現できず、やむなく詩文を作って友人に贈ったのでした。ものさびしい風雨が、すだれの前をよぎっています。興味も尽きて青々と木々の茂った山は、ひっそりと物寂しく感じられます。おそらく桃の樹々の美しい花は、風雨にあって、ひどく痛ましい情況にあると思われます。武陵にあった桃源郷のような春の景色を、誰が憐れんでいるでしょうか。武陵は、今の湖南省常徳県の地といわれます。この詩にも中国の故事が用いられています。

謝人恵牡丹

無雙濃豔奪紅霞
掌上相憐解語花
誰意洛陽名苑種
隨君遠到野人家

人に牡丹を恵れるを謝す

無双の濃艶　紅霞を奪う
掌上　相憐む　解語の花
誰が意わん　洛陽　名苑の種
君に随って　遠く野人の家に到らんとは

　ある人から牡丹の花を贈られたことに、感謝して作詩した作品になっています。しかし、立花帯刀家は禄高二千三百石、柳河藩では筆頭の名家です。七言絶句の結句の内容から推察すれば、詩題を与えられて作詩したものか、あるいは創作のための詩題だと考えられます。牡丹は、中国では名花として、こよなく愛されて数多く漢詩人に詠まれてきました。とくに洛陽では、姚氏の黄色の牡丹と魏氏の紫の牡丹が有名であったために、四字熟語にもなっています。そんな古い中国の故事を用いて詩が作られていて、玉蘭の素養の深さを知ることができます。

山寺

青山深處梵王臺
百尺藤蘿爽氣回
知是諸天殊不遠
上方直帶白雲來

山寺(さんじ)

青山(せいざん)　深(ふか)き処(ところ)　梵王台(ぼんおうだい)
百尺(ひゃくしゃく)の藤蘿(とうら)　爽気(そうき)回(めぐ)る
知(し)る是(こ)れ　諸天(しょてん)　殊(こと)に遠(とお)からず
上方(じょうほう)直(ただ)ちに　白雲(はくうん)を帯(お)び来(き)たる

山の中にある寺を尋ねたときの情景が詠まれています。玉蘭は、柳河藩領外に出ることは許されなかった姫君でした。山寺とは、おそらく清水寺あたりではないかと想像されます。青々と木々の茂った山深き処に名刹があります。その青山には、藤のカズラが百尺にも伸びて、鬱蒼とした山林になっていて、爽やかな山の気がめぐっています。山が高いために、もろもろの天上界から、それほど遠くは離れていません。山上の寺院には、すでに白雲がかかっています。奥深い山中にある古刹の雰囲気が伝わってきます。

奉寄西溟和尚

白雲縹緲剡東山
祇樹香臺不易攀
他日蓬蒿君不厭
一飛金錫到人間

西溟和尚に寄せ奉る

白雲　縹緲たり　剡東の山
祇樹　香台　攀じ易からず
他日　蓬蒿　君厭わずんば
一たび金錫を飛ばして　人間に到らん

西溟和尚とは、玉蘭の漢詩の師であった釈大潮のことと思われます。自作の詩を師に寄せた作品ですから、寄せ奉ると敬称しつつ、玉蘭自身の作詩技倆を、師に添削を受けて推量してもらうという、深い意味も含まれています。

白雲がはるか遠くに見える東の方向に、ほこさきのようなするどい山が見えます。神の木々が林立する寺院までは、険しくてよじ登ることも容易ではありません。ヨモギなど生えている草深い田舎を厭うことがなければ、他日、一度、金の錫杖を飛ばして人間の世界までおいでになりませんか、と結んでいます。少女の玉蘭から詩文を寄せられ、すでに古稀を過ぎた師、大潮和尚の慈愛のまなざしを想像することができます。

又和見和原作却寄
祇樹玲瓏萬仞山
上方能得幾人攀
一従甘露沾塵渇
不羨金莖霄漢間

又た原作を和せらるを和して却って寄す
祇樹　玲瓏たり　万仞の山
上方　能く　幾人か攀ることを得たる
一たび甘露　塵渇を沾せし従り
羨まず　金茎　霄漢の間

西溟和尚に前頁・原作の詩を贈ったところ、すぐさま西溟和尚から同じ韻、つまり、山・攀・間の三つの脚韻を用いて詩が贈られてきました。師からすぐさま応酬があったわけです。これに玉蘭は、更に同じ韻を用いて応酬の詩文を返した作品です。

神の木々は、玉のように鮮やかで美しく、しかも非常に高所で、奥深いところにあります。山上まで、どれほどの数の人がよじ登ることができたでしょうか。ひとたび甘い露がほこりで乾ききった世界をうるおしてより、漢の武帝が、天から降る露を不老長寿の薬と信じてこれを受ける露盤をつくり、夜空との間に銅の柱の上に高く掲げました。

金茎は、この銅柱をさしています。その武帝を羨ましく思うことはありません、と結んでいます。同じ韻を用いた詩文の応酬は、詩人の間ではよく行われました。玉蘭の実力を試した西溟和尚の応酬に、漢の武帝の故事を引用して見事に応えています。

賦得浪華津送人東遊

攝陽城畔浪華津
津口梅花白雪新
爲報木蘭舟裡客
好將詞賦賞青春

浪華津を賦し得て人の東遊を送る

摂陽城畔　浪華の津
津口の梅花　白雪新たなり
為に報ず　木蘭　舟裡の客
好し詞賦を将て　青春を賞めよ

浪華津という詩を作り、東方に旅する人に送った作品です。摂津城のほとりに浪華の港があります。港口には、梅花が、新たに積もった白雪のように、美しく咲いていることでしょう。木蘭、舟遊びの客となったら、詩賦をもって、青春を賞美する様子を知らせて欲しいものです。

柳河藩領から旅に出ることが許されなかった玉蘭にとっては、東遊する詩人をどんなにうらやましく思ったことでしょう。

十五夜贈采石處士
萬里江天月色高
望來濤勢自滔滔
知君七發猶堪賦
亾恙千秋舊綵毫

十五夜　采石処士に贈る
万里の江天　月色高し
望来すれば　涛勢　自ら滔々たり
知んぬ　君が七たび発して猶お賦するに堪えたることを
恙亡し　千秋の旧彩毫

九月十五夜に、師の武宮謙叔に贈った七言絶句です。果てしなく広がる入江の大空に、十五夜の月が明るく輝いています。海を望めば、波涛の大浪が滔々と流れています。あなたが七たびも詩賦を作り、なお更にまた、作詩することもできることもよく知っています。恙なく永遠に、美しい彩りの筆が冴えることを願っています。

少女玉蘭の、老師に対するいたわりを感じさせてくれます。

水亭卽事

江頭亭榭接蒹葭
兩岸淸風拂露華
檻外新開明月色
却疑銀漢泛仙槎

水亭(すいてい)の即事(そくじ)

江頭(こうとう)の亭榭(ていしゃ)　蒹葭(けんか)に接(せっ)す
両岸(りょうがん)の清風(せいふう)　露華(ろか)を払(はら)う
檻外(らんがい)　新(あら)たに開(ひら)く　明月(めいげつ)の色(いろ)
却(かえ)って疑(うたが)う　銀漢(ぎんかん)　仙槎(せんさ)を泛(うかべ)るかと

入江の水ぎわにあるあずまやに繁る樹木が、葭(よし)の生長しきらないひめよしにつながっています。両岸に吹く清らかな風が、美しい露を振り払っています。あずまやの手すりにもたれて、外側の障子を新たに開くと、明月が美しい色を見せています。天の河には仙人が筏(いかだ)を泛(うか)べるということがはたして本当だろうかと疑ってしまいます。七言絶句の転句から結句にかけて、少女玉蘭の繊細な心緒を汲みとることができます。

養恬窩主人招予有詩和之

君家久住古溪潯
乗興扁舟且自尋
總爲主人歌白雪
松間爽籟入鳴琴

養恬窩主人予を招く詩有り之を和す

君が家　久しく住す　古渓の潯
興に乗ずる扁舟　且た自ら尋ぬ
総て主人の為に　白雪を歌うか
松間の爽籟　鳴琴に入る

詩人の中に養恬窩主人という詩友がいて、玉蘭を招く詩が寄せられたようです。玉蘭がその時に和韻した作品です。

あなたは長い間、渓谷のみぎわ近くにある家に住んでいますね。興に乗って、小舟で、また自分から尋ねていきたいものです。すべて養恬窩の主人のために白雪を歌えば、松林の間を吹き抜ける爽やかな風が、松葉をそよがせる音となって、爪弾く琴の音によく調和しています。玉蘭の女性らしい繊細な心緒を感じさせる作品になっています。

和采石處士九日對雨見寄

山齋秋色雨中寒
颯颯西風度小欄
非是故人傳錦字
蕭條黄菊共誰看

采石処士(さいせきしょし)九日(ここのか)雨(う)に対(たい)して　寄(よ)せらるを和(わ)す

山斎(さんさい)の秋色(しゅうしょく)　雨中(うちゅう)に寒(さむ)し
颯々(さつさつ)たる西風(せいふう)　小欄(しょうらん)を度(わた)る
是(こ)れ故人(こじん)　錦字(きんじ)を伝(つた)えるに非(あ)らずんば
蕭条(しょうじょう)たる黄菊(こうぎく)　誰(たれ)と共(とも)にか看(み)ん

師の武宮謙叔から、陰暦九月九日の雨に対すの詩を寄せられて、これに和韻した作品です。山の中の離れ屋はすでに秋の景色になっていますが、雨によって寒々としています。さっと西風が山斎の手すりを吹き抜けていきます。昔の人が、錦という字を伝えることがなかったならば、ひっそりともの寂しく咲いている黄色の菊の花を、誰と一緒に看ることがありましょうか。

中山亭席上贈武采石
亭南山色欝蕭森
此日逢君逸興深
豈意十年分手後
逍遙重作白雲吟

中山亭席上　武采石に贈る
亭南の山色　欝として蕭森
此の日　君に逢って　逸興深し
豈に意わんや　十年　手を分って後
逍遥　重ねて　白雲の吟を作さんとは

玉蘭の自宅のあずまやで開かれた詩会の席上において、師の武宮謙叔に贈った七言絶句と思われます。

あずまやの南方に見える山には、樹木が群がるように茂っています。この詩会の日にあなたにお逢いできて、世俗を離れた風流な趣きの深さを感じます。どうして思わないことがありましょう。十年の後に別れて後に逍遥して、再び白雲の吟を作ることがありましょうか、と結んでいます。想像ですが、玉蘭が嫁ぐ前に、自ら長い間指導を受けた武宮謙叔を宴に招き、自作の詩を贈ったものとも受け取れる作品です。『中山詩稿』の巻末を飾るにふさわしい佳詩になっています。

【参考文献】

『中山詩稿』立花玉蘭著　国立国会図書館蔵本　明和元年甲申春三月　江戸書肆嵩山房
『江戸時代女流文芸史　俳諧・和歌・漢詩編　地方を中心に』前田淑著　一九九九年　笠間書院
『近世地方女流文芸拾遺』前田淑著　二〇〇五年　弦書房
『柳川の漢詩文集』影印編　柳川市史編集委員会　平成二十一年　秀巧社
『柳河藻』牧園茅山鑑定・中野南強編集　天保六年（一八三五）
『亀井南冥昭陽全集』全八巻　上『亀井南冥詩文集』昭和五十五年　葦書房
『光台山本覚寺瑞松院縁起』田中祗悠著　平成五年　カワムラ印刷
『郷土の文学』四訂版　杉森女子高等学校国語科　柳川総合印刷
『柳川史話』岡茂政遺稿　柳川郷土史刊行会編
『やながわ人物伝』柳川市教育委員会　平成二十一年　ジャパンインターナショナル総合研究所
『みやまの人と歩み』みやま市史編纂委員会　平成二十六年　ジャパンインターナショナル総合研究所
『新宮町誌』新宮町誌編集委員会　平成九年　第一法規出版
『柳川史話』（全）柳川郷土研究会　昭和五十九年　青潮社
『新柳川明証図会』柳川市史編纂委員会別編部会　平成十四年
『柳河と柳河人』内山田参郎編　昭和五十三年　歴史図書社
『図説　立花家記』柳川市史編纂委員会　平成二十二年　秀巧社
『特別展　柳川立花家の至宝』（図録）福岡県立美術館　平成二十一年
『立花帯刀家文書目録』九州歴史資料館分館　柳川古文書館　平成二十八年

〈立花帯刀家と立花玉蘭の略年譜〉

永禄10年（１５６７）	柳河藩祖**立花宗茂**は8月18日、豊後国東郡筧城で生まれる。父親は、高橋鎮理、のちに紹運と号した。岩屋城、宝満城、米山城の各城主で大友家の重臣であった。
天正9年（１５８１）	8月18日、立花道雪の娘誾千代の婿養子として迎えることを約し、宗茂は同年10月25日に結婚した。
天正15年（１５８７）	6月5日、豊臣秀吉から柳河十一万石の城主に封じられる。
元和6年（１６２０）	宗茂は大阪の陣で徳川軍に加わり手柄をたて、再び柳河城主になることを許され、筑後国南部の十一万石の大名に命じられる。三池藩は弟の直次の子、種次が藩主を命じられる。
元和7年（１６２１）	2月、立花宗茂、柳河城に入る。
寛永16年（１６３９）	宗茂の弟、直次の四男**立花忠茂**、第2代柳河藩主となる。
正保元年（１６４４）	甲申4月18日、忠茂の側室である光行太郎左衛門の娘が江戸にて後の立花帯刀家の初祖となる茂虎（幼名、鶴寿（つるひさ））を産む。通称、帯刀。好白と号した。
寛文4年（１６６４）	茂虎の弟、**立花鑑虎**、第3代柳河藩主となる。
寛文11年（１６７１）	辛亥8月6日、母清光院の子として立花帯刀家の第2代となる茂高が生まれる。幼名、虎次郎。のち、立花帯刀と号し、のちに立花朽木と号した。
寛文12年（１６７２）	鑑虎は、兄の茂虎の不遇をいたみ、領内の中山村（現・三橋町中山）に領地を与え同所に居住させた。
延宝4年（１６７６）	父忠茂が亡くなり、茂虎に、山崎村（現・立花町）も領地として与えられ２３００石に加増され、立花帯刀家が創設される。**茂虎創始**となる。
貞享3年（１６８６）	丙寅2月6日、**茂高**、第2代立花帯刀家の家督を相続する。
元禄8年（１６９５）	己亥2月5日、のちに立花帯刀家第3代となる立花茂之が生まれる。幼名、千次郎。のちに主水と号す。母は玉泉院。
元禄10年（１６９７）	**茂之**、第3代立花帯刀家の家督を相続する。
正徳4年（１７１４）	甲午6月17日、茂高、死去、享年42。戒名、韜光院殿朽木常安大居士。

年	事項
享保3年（1718）	立花茂矩は、戊戌2月26日に生まれる。幼名は熊次。母は盛亮院。
享保5年（1720）	庚子6月13日、茂之は致仕し、3歳の長男、茂矩に家督を譲り、一蔵と称す。 **立花茂矩**、6月13日、第4代立花帯刀家の家督を相続する。
享保6年（1721）	立花貞俶、第5代柳河藩主となる。
享保18年（1733）	茂之は、癸丑3月2日、所領の中山村の別邸に転居し、虎白、または道印と号す。 茂之は引接寺の第15世住職、一誉上人に帰依し、浄土宗に改宗する。
享保19年（1734）	**玉蘭**は、柳河藩立花帯刀家の当主、茂之の次女として生まれる。（生年は不明）
延享2年（1745）	この頃から玉蘭は、佐賀蓮池藩の黄檗宗の釈大潮和尚につき漢詩を学ぶ。
宝暦3年（1753）	癸酉7月1日、のちに立花帯刀家第5代となる茂親が生まれる。幼名、茂寿。
宝暦4年（1754）	茂之は、1月23日に死去、享年60。引接寺に葬られた。戒名、聖龍院殿潜與頼阿道印大居士。これにより、引接寺は山号を遍光院から聖龍山と改めた。
宝暦8年（1758）	服部南郭は、立花玉蘭自選の『中山詩稿』のために序文を起草する。
宝暦9年（1759）	服部南郭は、立花玉蘭の『中山詩稿』の上梓を見ないまま77歳の生涯を閉じた。
明和元年（1764）	3月、玉蘭が34歳の時に、江戸で一流の版元「嵩山房」から『中山詩稿』が出版された。
明和5年（1768）	**立花茂親**、5月10日、第5代立花帯刀家の家督を相続する。
明和6年（1769）	己丑3月21日、茂矩死去。享年51、戒名、瑞雲院殿悟真哲ノ玄大居士。
寛政6年（1794）	3月18日、玉蘭死去、矢島家の菩提寺瑞松院（柳川市片原町）に葬られる。戒名、貞松院殿天譽恵林妙真大姉。 第5代茂親により玉蘭の墓表が、立花帯刀家菩提寺の引接寺にも建立される。
寛政11年（1799）	9月16日、玉蘭の夫、**矢島行崇**死去。戒名、長空院殿州誉徳峯凌雲大居士。
文化12年（1815）	6月14日、立花茂親死去。享年61。戒名、養源院殿俊徳宣明大居士。
	立花茂旨、乙亥8月に第6代立花帯刀家の家督を相続する。
文政13年（1830）	12月、玉蘭の33回忌に碓井、本村、原の三人の手によって供養塔が引接寺に建立される。

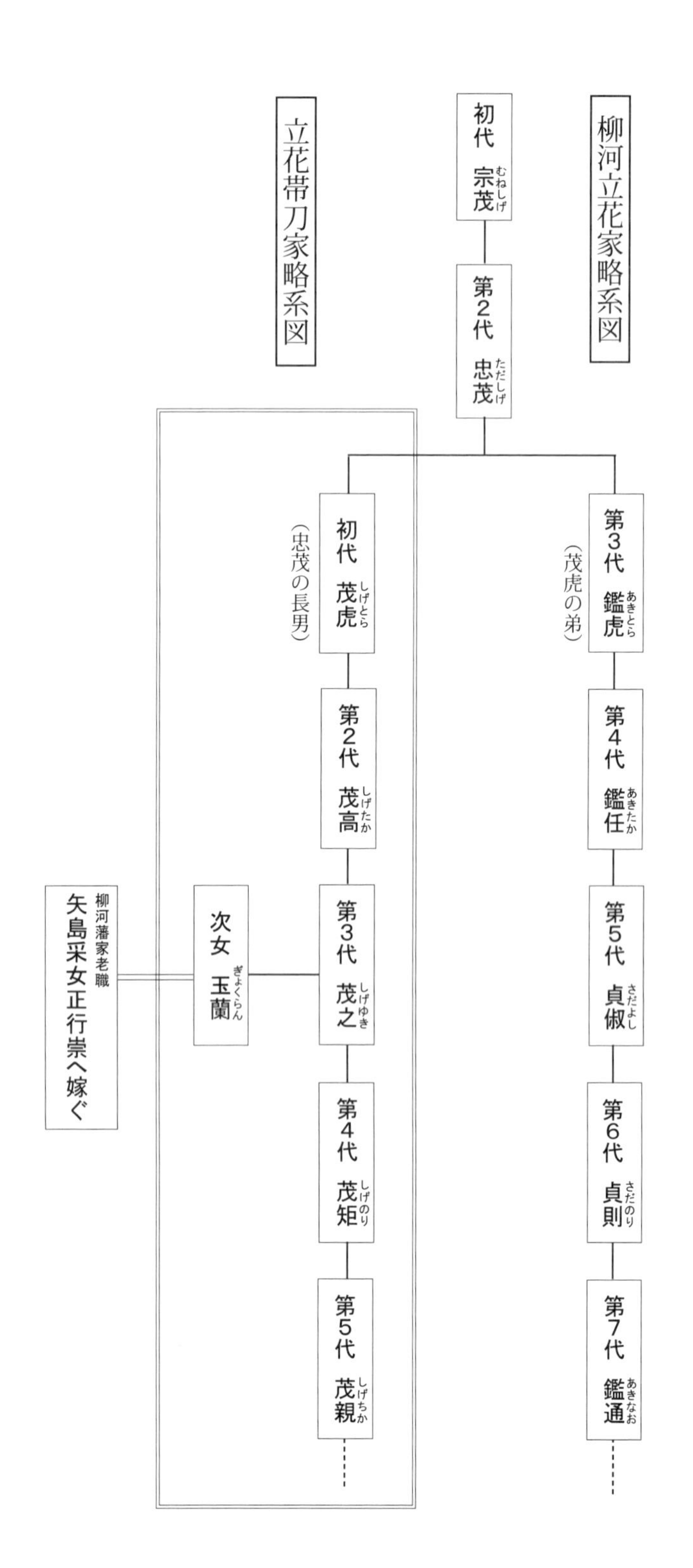
柳河立花家略系図
立花帯刀家略系図
初代 宗茂（むねしげ）
第2代 忠茂（ただしげ）
第3代 鑑虎（あきとら）
（茂虎の弟）
第4代 鑑任（あきたか）
第5代 貞俶（さだよし）
第6代 貞則（さだのり）
第7代 鑑通（あきなお）
初代 茂虎（しげとら）
（忠茂の長男）
第2代 茂高（しげたか）
第3代 茂之（しげゆき）
第4代 茂矩（しげのり）
第5代 茂親（しげちか）
次女 玉蘭（ぎょくらん）
柳河藩家老職
矢島采女正行崇へ嫁ぐ

むすびに

立花玉蘭という弟子のために序文を書いた服部南郭が『中山詩稿』の価値を高めたことは有名です。しかし玉蘭に少女時代から漢詩に興味を抱かせて、女流漢詩人として育てた柳河藩の老藩医、武宮謙叔（たけみやけんしゅく）の功績を忘れてはならないと思います。

柳河藩の漢詩人の詩史ともいえる『柳河藻』の編者中野南強は、「翁（謙叔）の詩学は老練にして無双云々…」と藩の文芸に大きな影響を与えたことを述べており、謙叔の詩が数十首も載せられていることから、藩内でも著名な漢詩人であったことがうかがえます。

武宮謙叔と玉蘭がどのようなきっかけで師弟関係になったのかは定かではありませんが、福岡藩の儒者で漢詩人であった亀井南冥の『亀井南冥昭陽全集第八巻』（「南冥前稿七言律詩五十八首・第四」）によれば、謙叔が柳河藩の医官を致仕して、城下から離れた中山村に隠居したことが記述されています。このことから、中山村に隠居した謙叔に、玉蘭が漢詩を学ぶという結びつきが深まったものと想像することができます。

玉蘭の詩文にも隠者（すなわち謙叔）を訪ねる詩が載せられています。その後に、玉蘭は九州漢詩壇の重鎮とされる佐賀蓮池の釋大潮和尚に師事できたことも、謙叔の結びつきから得られたものと思われます。

『柳河藻』巻二には、武宮謙叔が玉蘭とともに柳河藩の名勝の一つとされる本吉山、院号は普門院清水寺の大悲閣を訪ねたときに作詩した、次のような五言律詩が載っています。

　玉蘭姫に従い東山大悲閣に登る
　　時に姫、法華経を誦え且つ詩を賦す

窈窕たる　観音閣
従遊して補陀に入る
海潮　地に随って転じ
澗水　欄に傍うて過ぎる
経を罷めて　新賦を裁し
杯を行らせて　放歌を愧ず
謝家の賢女子
猶お　賞心の多きを覚ゆ

詩文から、武宮謙叔の玉蘭姫に対するあたたかなまなざし、酒を酌み声を高くして詩歌を歌うなど、心を許した漢詩人師弟の絆の深さを感じ取ることができます。

柳川市を中心に近隣のみやま市などには、今も立花帯刀家や玉蘭が嫁いだ矢島家にゆかりの菩提寺や墓表などの史跡が多く残っています。とくに玉蘭が生まれた旧中山村は今では立花いこいの森公園などに生まれ変わって、江戸時代に植えられた藤の巨根から四方八方に広がって名勝中山の大藤として市民に愛され親しまれています。

立花玉蘭に関する所蔵資料の画像提供にご協力を頂いた純真短期大学、地元の柳川市役所、みやま市役所、柳川古文書館、また立花帯刀家の菩提寺の引接寺、玉蘭の菩提寺、瑞松院のご住職からは数多くのご教示と貴重な資料提供を頂きましたことに厚くお礼を申し上げます。また、編集から度重なる校正に多大な尽力を頂いた梓書院の藤山明子さんに心からお礼を申し上げます。

本著を読まれた皆さんが、江戸時代の柳河藩に女流漢詩人として凛として生きた立花玉蘭に興味が深まり、玉蘭とゆかりの史跡を探訪する契機となればまことに幸いです。

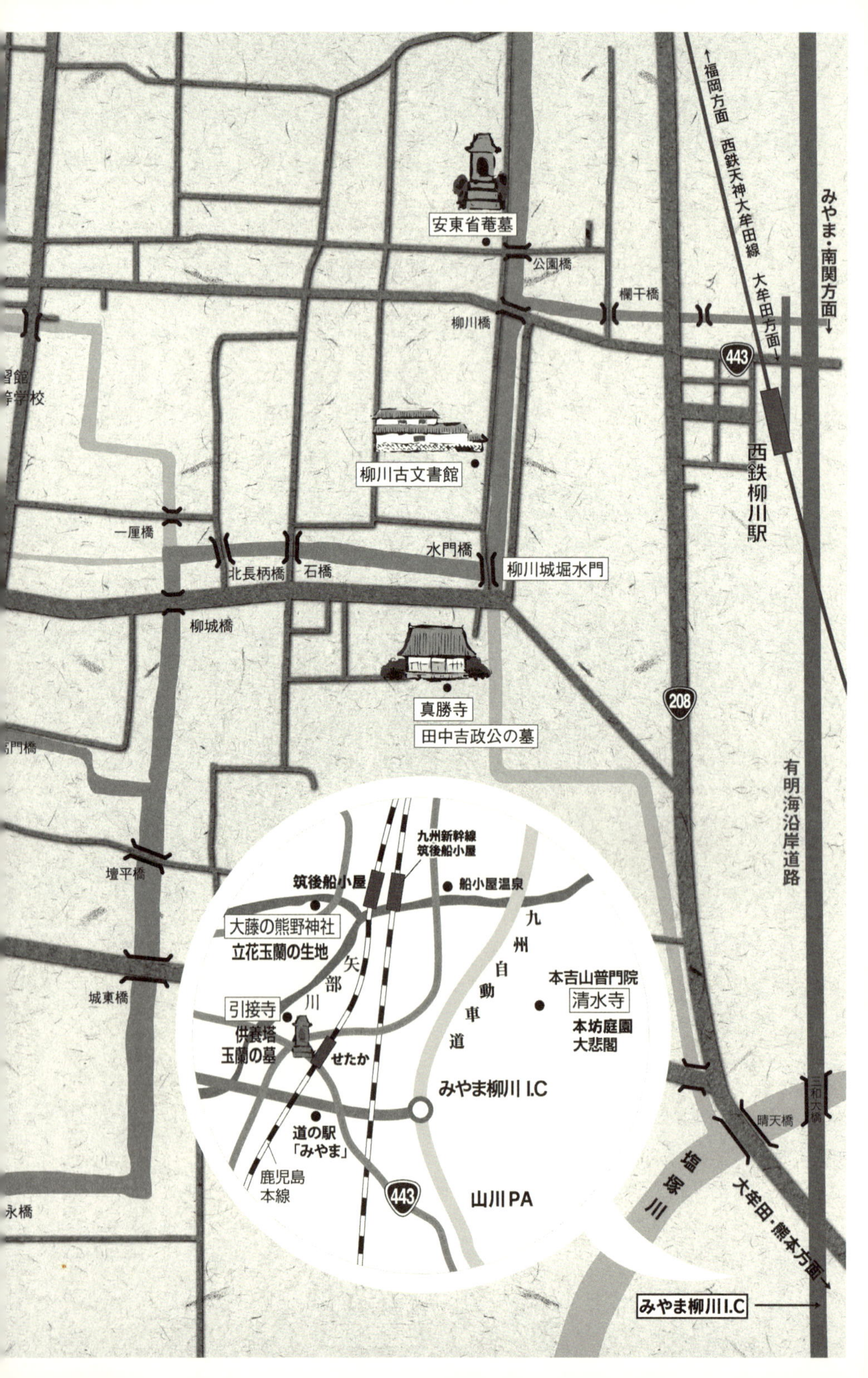

↑福岡方面
西鉄天神大牟田線
大牟田方面
みやま・南関方面↓
安東省菴墓
公園橋
欄干橋
柳川橋
443
西鉄柳川駅
柳川古文書館
一厘橋
水門橋
北長柄橋
石橋
柳川城堀水門
柳城橋
真勝寺
田中吉政公の墓
208
有明海沿岸道路
壇平橋
城東橋
永橋
九州新幹線
筑後船小屋
筑後船小屋
船小屋温泉
大藤の熊野神社
立花玉蘭の生地
矢部川
九州自動車道
本吉山普門院
清水寺
本坊庭園
大悲閣
引接寺
供養塔
玉蘭の墓
せたか
みやま柳川 I.C
道の駅
「みやま」
鹿児島本線
443
山川PA
晴天橋
三和大橋
塩塚川
大牟田・熊本方面→
みやま柳川I.C

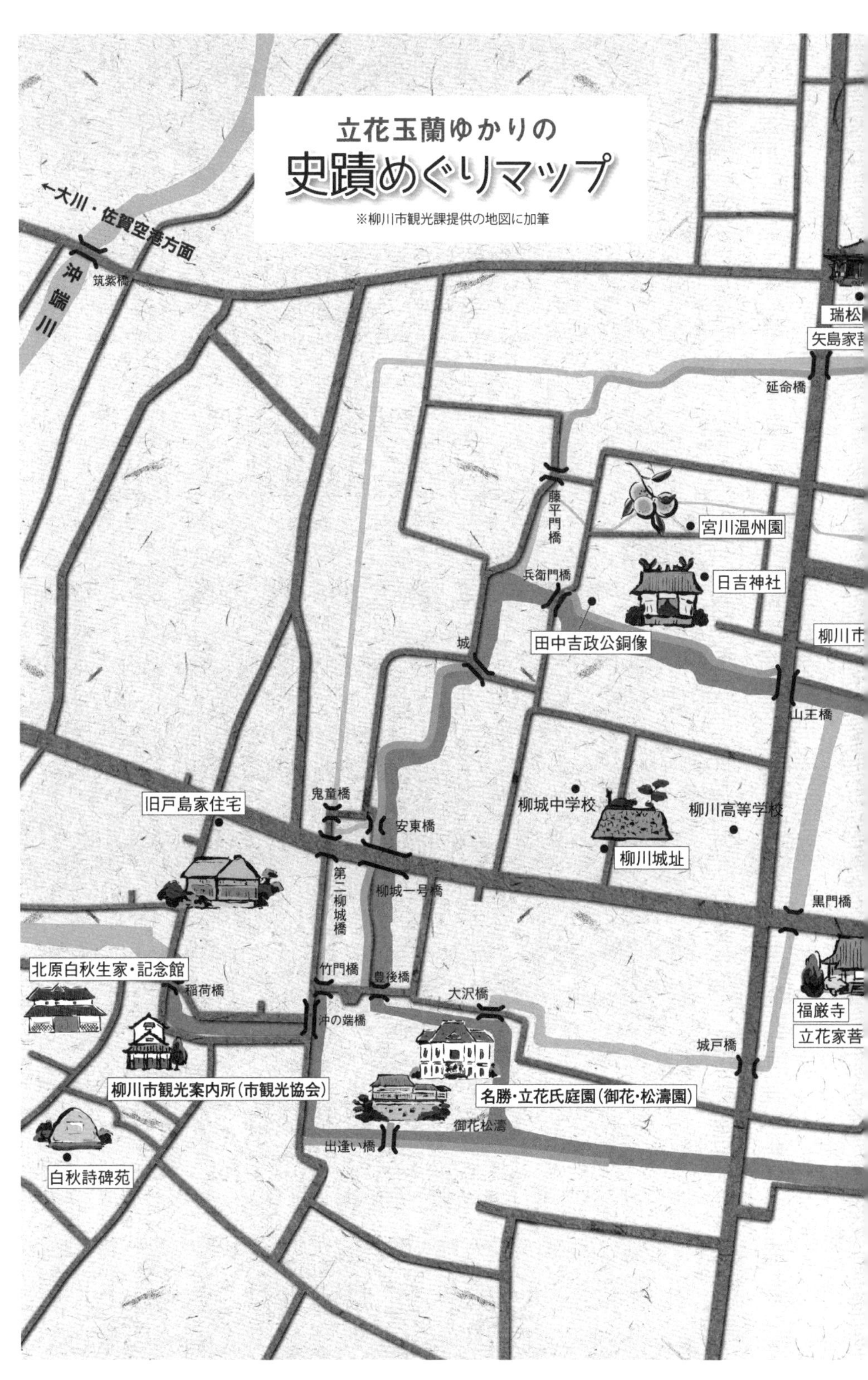

立花玉蘭ゆかりの
史蹟めぐりマップ
※柳川市観光課提供の地図に加筆
←大川・佐賀空港方面
沖端川
筑紫橋
瑞松
矢島家
延命橋
藤平門橋
宮川温州園
兵衛門橋
日吉神社
田中吉政公銅像
城
柳川市
山王橋
鬼童橋
安東橋
旧戸島家住宅
柳城中学校
柳川高等学校
柳川城址
第二柳城橋
柳城一号橋
黒門橋
北原白秋生家・記念館
竹門橋
豊後橋
稲荷橋
大沢橋
沖の端橋
福厳寺
立花家
城戸橋
柳川市観光案内所（市観光協会）
名勝・立花氏庭園（御花・松濤園）
御花松濤
出逢い橋
白秋詩碑苑

編著者略歴
三浦尚司（みうら　なおじ）
昭和 19（1944）年、福岡県豊前市に生まれる。
昭和 43（1968）年、中央大学法学部法律学科卒業。
平成 16（2004）年、福岡県警察（地方警務官）を退官。
現在、九州国際大学客員教授、（公社）日本詩吟学院岳風会認可筑紫岳風会会長、全日本漢詩連盟理事、福岡県漢詩連盟会長、朝日カルチャーセンター福岡の元講師。
校注著書『遠帆楼詩鈔』『白石廉作漢詩稿集』『和語陰隲録 全』『こどもたちへ　積善と陰徳のすすめ』
著書『初学者のための七言絶句の作り方』『周洋詩草』
現住所・〒 814-0013 福岡市早良区藤崎 1 丁目 4 番 27 号
TEL ／ FAX 092（822）7014

柳河藩（やながわはん）の女流漢詩人（じょりゅうかんしじん）　立花玉蘭（たちばなぎょくらん）の『中山詩稿（ちゅうざんしこう）』を読（よ）む

2017 年 5 月 1 日　初版第 2 刷発行
編著者　三浦 尚司
発行人　田村 志朗
発行所　㈱梓書院
〒 812-0044
福岡市博多区千代 3-2-1
電話　092-643-7075
印刷・製本　大同印刷㈱

ISBN978-4-87035-602-3